TU N'ES PAS SEUL(E) À ÊTRE SEUL(E)

Stéphanie Janicot est née à Rennes en 1967. En 1992, elle devient journaliste à Bayard Presse. Son premier roman, *Les Matriochkas*, publié en 1996, est acclamé par la critique et reçoit plusieurs récompenses, dont le prix Goya du premier roman et le prix René Fallet. Elle a publié douze livres, dont *Non, ma mère n'est pas un problème*, *La Constante de Hubble* et *Le Privilège des rêveurs*. En 2004, Stéphanie Janicot a participé à la création du magazine culturel féminin *Muze*. Elle y dirige les pages littéraires.

Paru dans Le Livre de Poche :

CET EFFRAYANT BESOIN DE FAMILLE

LA CONSTANTE DE HUBBLE

LES MATRIOCHKAS

NON, MA MÈRE N'EST PAS UN PROBLÈME

SALAM

SOLEDAD

UNE TRAVIATA

STÉPHANIE JANICOT

Tu n'es pas seul(e) à être seul(e)

NOUVELLES

ALBIN MICHEL

ISBN : 978-2-253-12101-5 – 1re publication LGF

A Jean-Michel
A Delphine

Tu n'es pas seul à être seul

Tu as traversé ta cour pavée fleurie, très jolie. La nuit tombait. Tu as croisé cette fille que tu n'aimes pas, l'attachée de presse de cinéma, qui s'appelle Manu et que tu trouves vulgaire. Mais tu es si sensible que tout t'agresse. Le piano que l'on entend au-dessus de ta tête, jazz uniquement (trop de notes inutiles), la musique de sauvage de la petite jeune fille qui vit dans l'appartement à côté de celui du pianiste. Tu dis qu'elle et sa bande de copains écoutent de la techno si fort que les murs en tremblent jusque tard dans la nuit. Tu juges sa jeunesse bruyante et insultante. Cette fille du cinéma, tu l'as à peine saluée de la tête, tu t'es engagé dans l'escalier. Sur ton palier, en revanche, tu t'es arrêté pour prendre des nouvelles de ta voisine qui sortait avec son petit dans les bras. Tu la trouves charmante bien que l'enfant pleure encore la nuit derrière ta cloison et te rappelle sans cesse le fils que tu n'as pas. La maman a un visage de Madone, cela suffit pour que tu pardonnes. En entrant chez toi, tu as constaté que Madame Rodrigues a encore déplacé les plantes en faisant le ménage et qu'elle ne les a pas remises en place. Cela t'a agacé. Cette femme n'écoute jamais ce que tu lui dis. Tu as eu une mauvaise journée, et la soirée ne s'annonce guère mieux. Tu m'appelles. Tu racontes tous les petits embêtements de la vie avec humour. Ton patron est caractériel (ou jaloux, ou mégalo, ou tout ça à la fois), ça finit par entamer ta bonne humeur ; de surcroît, ton voisin du dessous, Monsieur Sampieri, qui possède tout le premier étage, lui ressemble comme un sosie, ainsi tu ne peux, même le week-end, obtenir l'oubli et le repos. Cela me fait rire, car Monsieur Sampieri, que je n'ai rencontré qu'une fois, est peut-être très gentil, qu'en sais-tu ? Hélas non, penses-tu, tu sens ces choses-là. Tu ne t'appesantis pas sur tes problèmes de boulot. Tu constates seulement, comme nous tous, qu'il est plus difficile de retrouver son calme, de prendre de la distance lorsqu'on est seul. Car, dans les moments de doute, le fait de partager son fardeau en diminue le poids.

– Tu n'es pas seul à être seul, je te réponds.

Tu me dis que ça ferait un joli titre (oui, c'est une idée, pourquoi pas ?). Et tu enchaînes :

– Tu as peut-être raison, Stephanouchka, mais personne n'est aussi seul que moi. Toi, tu écris. Tu ne peux pas savoir. Ma voisine, elle a son bébé, le pianiste son piano, la petite du dessus sa bande de jeunes et leur musique infâme, ceux du dessous ils sont en couple, ils ont une fille, ils sont riches comme Crésus, l'attachée de presse, elle se vante de connaître tout Paris. Il n'y a peut-être que Madame Chamoulot, la vieille du quatrième pour comprendre de quoi je parle. Bon, de toute façon, ça ne change rien de le dire. Tiens, tu sais qui j'ai croisé dans ma rue ?

– Non.

– Herbert Dobigné, l'écrivain le plus médiatique de France, avec une de mes anciennes petites amies. Elle est toujours aussi jolie. Tout le monde va par deux, c'est bien ce que je dis.

– Je ne crois pas, vraiment. Au contraire. On vit une époque où les moyens de communication, de distraction, de consommation n'ont jamais été aussi nombreux et où, bizarrement, les gens n'ont jamais été aussi seuls. Tous. Ou presque. Même ceux qui ne s'en rendent pas compte.

Tu as dit que c'était sûrement vrai, mais j'entendais à ta voix que, pour te persuader, il faudrait plus que cette mince conversation. Alors voilà.

Seuls comme des sardines

J'ai pris le linge de Madame Sampieri pour le repasser à la loge. C'est pas que j'aime tellement rapporter le travail à la maison. Au contraire, je préfère m'installer dans leurs grands salons en écoutant le silence. C'est toujours un peu de calme de pris. Seulement la maîtresse de Kevin m'a convoquée hier pour me dire qu'il apprenait mal ses leçons, alors que celle de Jordan m'avait dit la semaine dernière qu'il regardait trop la télévision. Je crois que c'est la directrice de l'école qui les a dépêchées pour me faire honte. Ça va, j'ai compris. Je vais faire le repassage en bas. Je vais mettre les petits à chaque bout de la table, sans radio, sans télé, et je vais les surveiller. C'est qu'on ne dira pas qu'ils sont mal élevés. Pour qui elles se prennent ces institutrices. « Je sais, Madame Rodrigues, ça ne doit pas être facile pour vous, mais il a des capacités ce petit, il ne faudrait pas les gâcher. » Comme si je voulais gâter l'avenir de mon fils. Et qu'est-ce qu'elle en sait, cette perruche, de ce qui est facile ou non. Et s'il n'en avait pas des facilités pour apprendre, justement. Kevin, il peut répéter les phrases des dizaines de fois sans qu'elles lui rentrent dans la tête. Ce n'est pas de sa faute, il ne comprend rien à ce qu'on veut lui enfoncer dans le crâne. « Mais c'est quoi un *narbre-perché* ? » Comme si je savais moi ! « Demande à ta sœur », je lui dis. Moi, j'ai pas le temps. Pas le courage non plus. Les enfants, en France, on leur apprend tant de choses inutiles. Moi, à neuf ans, on m'a retirée de l'école. Déjà, je savais lire, c'était mieux que mes parents. Ce n'est pas si facile la lecture, il faut voir Jordan peiner sur chaque mot. Saura-t-il jamais déchiffrer une phrase complète ? Ça me donne des angoisses terribles. Carlos rigole : « Laisse-les donc s'amuser, ces petits, est-ce qu'on s'est embêtés, nous avec tout ça ? » Peut-être qu'on aurait dû, voilà ce que je n'ose pas lui dire. Les filles ne nous regarderaient pas comme si nous étions des demeurés. Si elles croient que je ne le vois pas, ce mépris. « T'occupe, maman, t'y connais rien », voilà ce que je m'entends répondre quand je leur demande où elles en sont de leur programme. Ce n'est pas que j'y puisse grand-chose à leur scolarité, mais au moins je m'y intéresse. Pas comme Madame Sampieri, elle n'a qu'une fille ; et rien d'autre à faire que de s'en occuper. Et pourtant, je pourrais jurer qu'elle n'a pas mis le nez dans les affaires de sa gamine depuis le CE1 au moins. La petite se débrouille seule. Elle n'est pas vilaine, elle a un long visage triste qui ne sourit jamais. Elle s'appelle Sophie, elle a l'âge de mes filles, en moyenne, elle se situe juste entre Mary et Amélie. Je m'y fais difficilement aux prénoms de mes filles. L'aînée est censée s'appeler comme moi : Maria Conception ; ou Conchita. Vers l'âge de six ans, elle est rentrée, ivre de rage dans la loge : « Si vous m'appelez une seule fois encore Conchita, je m'en vais. » Qu'est-ce qu'ils lui ont fait ? Même moi, il a fallu que j'en change : « Tu n'as pas honte de te faire appeler Conchita ? » Elle me l'a assez répété. Carlos a fini par céder. Elle a choisi Mary et, pour moi, on s'est rabattus sur Concha. L'autre, je trouvais joli de la nommer Amalia, comme la chanteuse. Avec notre nom, c'était l'aubaine. Vers la même époque, Mary l'a renommée Amélie. Les garçons, c'est elle aussi qui les a baptisés. Le grand aurait dû être un Carlos comme son père. Mary a imposé Kevin, parce que ça faisait bien français. En fait, pas tellement. Depuis on s'est rendu compte que Kevin, c'est comme Jordan, c'est la mode de la télé. Moi, je regrette que mes fils n'aient pas des noms de chez nous et Mary, elle a toujours aussi honte, parce qu'elle dit que Kevin et Jordan, ça fait enfants d'imbéciles. Ce jour-là, elle s'est pris ma main sur la figure. Je ne suis peut-être pas riche ni cultivée, mais je ne suis pas une imbécile. Je travaille depuis l'âge de neuf ans pour gagner ma vie. En arrivant à Paris, j'ai appris toute seule le français en faisant des ménages chez des vieilles qui jacassaient toute la journée. Depuis que Carlos est au chômage, je fais bouillir la marmite pour nous six en accumulant les tâches ménagères pour les uns et les autres, en plus du travail ordinaire de la loge.

Les petits arrivent en même temps que moi. Jordan me fait des bisous, j'en profite. Dans cette famille, il est le seul à apprécier encore un peu de douceur. Six ans. J'embrasse ses cheveux blonds, tandis que Kevin ouvre la porte d'un coup de pied. Je râle : « Oh, ça ne va pas, tu vas casser un carreau un de ces jours ! », mais je ne peux pas lui allonger une tape parce que j'ai les bras pleins du repassage de Madame Sampieri.

– Pourquoi tu le fais à la maison ? demande Kevin en désignant du menton ma pile de linge.

– Parce que vos maîtresses disent qu'il faut vous surveiller. Comme si je n'avais pas assez de travail !

– Laisse tomber, elles sont barjes, dit Kevin, en haussant les épaules.

Il jette son cartable sur la banquette (qui, dépliée, sert de lit aux filles) et tend le bras vers la télé.

– Non, je crie, pas de télévision. Vous faites les devoirs d'abord.

– Mais on les fait les devoirs, en même temps.

– Justement, je leur explique, c'est ce qu'on vous reproche, de ne pas vous concentrer sur ce que vous faites.

Ils grommellent, je tiens bon. J'ai déplié la table à repasser à côté d'eux. Et je les regarde soupirer sur les copies. Il faudra que je demande aux grandes de leur filer un coup de main quand elles rentreront vers cinq heures.

Tiens, voilà Carlos. Pourquoi si tôt ? D'habitude, il reste au troquet jusqu'à sept heures du soir. J'ai négocié avec le barman : pas d'alcool dans la journée. Uniquement une bière avant de rentrer. Carlos a accepté parce que ça lui évite de se contrôler et que ça lui fait moins cher. Il discute toute la journée avec Loulou, le barman. Ça me rassure. Pour ainsi dire, au moins, pendant ce temps-là, il n'est pas au bistrot. Carlos s'affale sur la banquette.

– Eh, Jordi, tu nous mets la télé !

– Maman veut pas...

– Quoi ?

– La directrice de l'école dit que ça les empêche d'apprendre, je soupire.

– Et puis quoi encore, les grandes, ça les a empêchées de rien... Tiens, fiston, mets la télé.

– Tu t'es disputé avec Loulou ? je demande.

– Non, j'avais envie de rentrer, c'est tout. Je devais sentir que t'avais décidé de leur en faire voir aux petits.

Sûr, j'aurais mieux fait de finir le repassage au calme, dans le beau séjour blanc de Madame Sampieri. Maintenant, la télé braille à tue-tête, Kevin joue avec ses crayons et Jordan a roulé par terre. « Allez dans la chambre, je dis aux garçons, et travaillez sur le lit au calme. Essayez au moins d'avoir de bons résultats, cette semaine. » Jordan ramasse ses affaires en grognant un peu, Kevin ne bouge pas d'un pouce. Il sait que son père le protège, je n'en tirerai rien aujourd'hui. Les filles entrent à grand bruit. « Ah, mais vous êtes là », s'étonne Amélie. Joli spectacle, moi avec ma montagne de repassage et Carlos effondré devant la pub.

– Vous pourriez peut-être aider les garçons avec leurs devoirs. Ils ont du mal...

– Il est où, le gnome ? demande Mary.

– Dans la chambre. S'il te plaît, sois gentille avec ton frère. Va l'aider à lire son chapitre.

– Et moi, tu crois que je me tourne les pouces en classe ? Tu n'as pas idée de tout ce qu'on nous donne à faire le soir.

– Amélie ?

– Moi, pareil.

Je sais que j'ai de quoi être fière de mes filles, elles sont arrivées en cinquième et en troisième, sans jamais redoubler. Alors je ne vais pas me plaindre si elles ne sont pas très aimables. Dans ce pays, la vie n'est pas facile pour les enfants qui ne sont pas comme les autres. Quand on vit dans un beau quartier, il vaut mieux avoir l'argent qui va avec. Moi, je n'ose plus rien dire. Il y a trois ou quatre ans, je marchais dans la rue avec Mary. Deux gamins parlaient très fort en nous regardant. L'un a dit à l'autre : « La mère de Mary, elle fait la Conchita dans l'immeuble de Sophie

Sampieri. » Je n'ai pas pu m'empêcher de réagir très vite. Je l'ai attrapé par le col et je lui ai dit dans les yeux : « Je ne fais pas la Conchita, je suis Conchita. » Un gamin avec un blouson très cher et des oreilles décollées. Il est resté muet, les yeux écarquillés. La peur de sa vie. C'est que j'ai eu l'habitude de ne pas me laisser faire quand j'étais petite, toujours à me bagarrer contre mes frères. Et plus tard, il a fallu en jouer des coudes pour me faire une place dans cette ville, alors ce n'est pas un mioche de rien qui m'impressionne. J'ai relâché ma proie. Il a murmuré : « Excusez-moi, madame », pendant que son copain prenait la fuite en s'esclaffant. J'aurais pu considérer cette scène comme une victoire. Hélas, Mary en a été mortifiée. Elle a pleuré toute la soirée qu'elle n'oserait jamais retourner à l'école. J'ai dû l'y obliger. Je ne crois pas qu'elle en ait subi les conséquences (le môme ne devait pas avoir envie de me voir revenir dans ses parages), car elle ne m'en a plus reparlé, mais elle a boudé toute la semaine. Et moi, j'ai compris ce qui la chagrinait. C'est d'avoir une mère qui fait la Conchita et tout le monde qui le sait. Et même si ça me fait peine, je ne peux rien y changer. Avec Carlos qui passe ses journées au bistrot, il faut bien que quelqu'un fasse la Conchita.

J'ai la tête qui va exploser. Kevin tape sur la table comme s'il jouait de la batterie. De la chambre, j'entends Jordan crier contre Mary. Amélie chante des tubes de la Star Ac'. Comment faire pour que ça s'arrête, tout ce bruit ? Tout ce monde ? Je vais trouver un moyen pour les envoyer tous au loin et rester seule ici. Des vacances. J'aurai l'impression d'avoir un vrai appartement ; pour moi : une chambre et un séjour. Le luxe ! C'est vrai que Carlos a bien arrangé les choses. Il est bricoleur. Il a monté un grand lit double pour les garçons en mezzanine, au-dessus du nôtre. La chambre doit mesurer huit mètres carrés, pourtant, même à quatre, on a l'impression d'y être bien. Evidemment, les gens ne comprennent pas. Madame Sampieri, le jour où elle est entrée : « Ah, vous dormez tous ensemble, vous ne devez pas avoir beaucoup d'intimité ! » Qu'est-ce qu'elle croit, que j'ai envie de m'envoyer en l'air la nuit, avec les journées que je passe : depuis six heures le matin à sortir les poubelles jusqu'à dix heures le soir que les petits soient couchés. Si elle croit que je ne la vois pas Madame Sampieri, la façon qu'elle a de regarder les hommes, même Carlos. C'est qu'il est beau, le bougre, même s'il n'est pas travailleur. Un grand blond costaud, avec des yeux bleus, des mains viriles d'artisan (il était menuisier). Elle, la bourgeoise, je sais qu'elle est seule tout le temps, qu'elle m'emprunterait bien Carlos les après-midi de pluie. Pourquoi pas ? Si elle pouvait l'emmener loin avec elle une petite semaine, ça me reposerait. Je mettrais les petits en colo, les grandes iraient chez des copines. Voilà, ce que je devrais faire. Caser Carlos avec Madame Sampieri. Pauvre Carlos, elle ne doit pas être rigolote, la madame ! Depuis combien de temps son mari n'a plus dormi avec elle ? Plus de cinq ans, à mon avis. Ils font chambre à part. C'est moi qui leur change les draps. Alors, je me doute...

Vider cette loge de tout ce monde. De Carlos, qui me fait la tête parce que je m'endors trop vite le soir, des filles qui me parlent comme si j'étais un animal puant, des garçons qui me harcèlent de demandes incessantes. Je pourrais me vider de mon sang sous leurs yeux qu'ils me tireraient encore sur les bras pour réclamer : « Maman, j'ai faim », « Maman, tu m'emmènes aux balançoires », « Maman, je peux inviter Charles pour le goûter », « Maman, tu me mets mes patins à roulettes ». Oui, je crois que c'est ainsi, on me pressera comme un citron jusqu'à mon heure dernière. Et les quelques semaines dans l'année où les petits partent en colonie, c'est Carlos qui s'y met. Il faut rattraper le temps perdu. Je n'ai plus de nuits. J'ai hâte que les enfants reviennent pour pouvoir dormir. Et lorsqu'ils réapparaissent, avec leurs exigences, leur tyrannie, je suis exténuée.

Cette fois, c'est un moyen pour les écarter tous en même temps que je cherche.

C'est bientôt les vacances. La mairie me case mes petits pour dix jours dans un centre aéré du côté de

Champigny. J'envoie les filles chez mon frère, en banlieue parisienne. Il a besoin de baby-sitters pour ses jumeaux de quinze mois qui épuisent leur mère. Ne reste que le problème Carlos. Que faire de lui ? Je fonde grand espoir sur la façon dont Madame Sampieri semble vouloir prendre possession de lui. Ah, je ne dis pas que cela ne me ferait rien de savoir mon homme dans d'autres bras. Mais quoi, si la santé est à ce prix ! Je sais déjà que sa fille Sophie doit partir en Angleterre, que son mari a un voyage d'affaires prévu en Asie durant cette période. Il me reste peu de temps pour organiser la trahison de mon mari. Quand je le regarde là, avachi dans son canapé, je suis sceptique. Il n'a pas l'air d'un conquérant, du type prêt à braver les interdits pour séduire une bourgeoise et l'entraîner loin de ce quartier-prison, gagner sa liberté tant que les enfants sont absents.

Pendant le dîner, je dis en posant la soupière sur la table :

– Elle n'a pas l'air bien, madame Sampieri, elle aurait besoin de vacances.

– Elle n'a qu'à en prendre, ce sont sûrement pas les moyens qui lui manquent, a répondu Carlos, en saisissant la louche.

– Les moyens, sans doute pas, mais l'occasion. Elle n'a peut-être pas envie de partir seule, je suggère.

– Elle doit bien avoir des copines. Ces gens-là, ça fait des cures au bord de la mer, par paquets de vieilles.

– Elle n'est pas si vieille, je proteste.
– Bah, fait Carlos, sans âge...

J'hésite entre penser que Carlos ne s'intéresse pas à Madame Sampieri et trouver qu'il cache bien son jeu. Il mange de bon appétit le pain qu'il vient de tremper dans la soupe et quelque chose me dit que je me suis fourvoyée. Cet homme-là n'est pas près de me tromper. Je ne dis pas que je ne l'aime plus, mais vraiment, je suis fatiguée. J'aurais besoin de ces cures de bord de mer. A la fin du dîner, les filles disparaissent dans le placard de notre chambre, qui abrite la douche d'un côté et les toilettes de l'autre. Elles obligent les petits à se déshabiller et à se mettre sous l'eau. Je les entends râler pendant que je plonge la vaisselle dans l'eau mousseuse. Carlos s'est rassis sur le canapé, le regard magnétisé par la télé. Je me dis que, heureusement, après le film du soir, on est obligés d'aller se coucher dans notre chambre pour laisser les filles ouvrir le canapé et s'installer pour la nuit, sinon Carlos serait du genre à tout ingurgiter jusqu'à la fin des programmes. D'ailleurs, parfois, il dit qu'on devrait laisser notre lit aux filles et prendre pour nous la banquette du séjour. Je proteste, parce que je sais qu'une fois minuit passé, et les programmes terminés, il me réveillerait sans pitié. Dans la chambre, je dis : « Non, attention aux garçons, ils pourraient nous voir », et ça calme Carlos. Je suis protégée. Pourtant, j'aime toujours ses grosses mains chaudes, son dos bien large et son ventre moelleux, c'est juste que je n'en peux plus. Je sais qu'il faudra se lever au son du réveil le matin à cinq heures quarante-cinq, et d'avance je m'effondre d'épuisement. Je ne trouve pas les mots pour expliquer ça à Carlos. Je crois qu'il ne comprendrait pas, alors je me réfugie derrière les enfants. On ne sait pas se parler. Ici, ça hurle ou ça se tait, ça laisse causer le poste à notre place.

Sophie Sampieri vient frapper à la porte pour nous demander un tournevis.

– Ta mère a du bricolage à faire ? je lui demande remplie de l'espoir de bouger enfin Carlos.

– C'est juste pour resserrer les pieds du tabouret de piano, dit la petite Sampieri, indifférente.

Je remue mon mari :

– Eh, Carlos, tu ne veux pas monter avec la petite, voir si Madame Sampieri n'a pas besoin de ton aide.

– Pour resserrer des vis ? Si elle avait besoin, elle serait descendue...

– Je crois qu'on a seulement besoin du tournevis, insiste la petite sur le pas de la porte.

– On te le trouve.

Carlos a sorti sa mallette à outils. Sur le seuil de notre chambre, Mary, en chemise de nuit, regarde la scène. La petite Sampieri bafouille :

– Je suis désolée de vous déranger.

– Tu nous déranges pas, grogne Carlos en lui tendant un tournevis. S'il t'en faut un cruciforme, tu redescends le chercher.

– Je crois que ça ira, je vous le rapporte très vite.

– Ça peut attendre, dit Carlos en s'enfonçant dans la banquette.

Sophie bredouille ses remerciements et disparaît, comme si elle voulait s'enfuir.

Sûr, mes vacances ne sont pas gagnées. Pourquoi Madame Sampieri n'est-elle pas venue elle-même ? Pourquoi n'a-t-elle pas demandé à ce que Carlos monte ? Pour mieux brouiller les pistes ?

Je crois que je me raconte des histoires. Mary et Amélie mettent leurs cahiers sur la table débarrassée et commencent leurs devoirs tandis que le générique du film se fait entendre. J'annonce que je vais me coucher. Carlos ricane : « Comme les poules » (comme chaque soir). J'ai un peu de couture pour Monsieur D., l'écrivain de l'immeuble d'à côté (dont je m'occupe aussi parce qu'ils n'ont pas de gardienne). J'aime bien travailler au calme, dans mon lit, même s'il faut faire attention à ne pas laisser échapper les aiguilles.

Et puis quelques jours plus tard, il y a eu cette nouvelle : le père de Carlos est mort subitement et sa mère l'a supplié de rentrer au Portugal. Carlos a dit qu'il resterait bien au-delà de l'enterrement, pour s'occuper de sa mère. Il m'a demandé si j'allais m'en sortir avec tout le travail et les enfants, j'ai dit qu'il ne fallait pas qu'il s'inquiète, je ferais face. Il n'a plus pensé aux vacances scolaires. Il est parti deux jours à peine avant les garçons. Le lendemain, les filles ont levé le camp à leur tour. Et voilà, j'en ai rêvé, c'est arrivé.

Pas un bruit dans la loge. Surtout ne pas allumer la télé. Je m'allonge sur la banquette, je me dis que tiens, je pourrais me mettre du vernis sur les ongles, des pieds et des mains. Mary a acheté un petit flacon rose nacré, il y a un mois.

Je me plante sous la douche en laissant la porte du placard ouverte puisqu'il n'y a personne pour me voir. Je sens les gouttes ruisseler dans mes cheveux et tout le long de mon corps. Ça ne ressemble à rien d'habituel (pourtant je me douche tous les matins). La différence, c'est que j'ai le temps. Je vais me sécher les cheveux en les lissant avec la brosse, m'enduire les jambes de crème, me peindre les ongles. Enfin je me retrouve avec moi-même. Enfin, j'ai l'impression de ne pas être seule. Je peux me parler, me répondre, ne pas répéter des gestes mécaniques. Je me sens soulagée d'être toujours un être humain, indépendant de sa fonction et avec sa pensée.

J'enfile une chemise de nuit propre, je me regarde dans le miroir derrière la porte de la chambre. Ça me fait un choc, je ne me suis pas regardée comme ça depuis longtemps. La glace me renvoie l'image d'une concierge courte et grosse, avec des joues rouges et bouffies. Je me détourne comme si cela ne me faisait rien. Eh quoi, je le sais, je n'ai pas la ligne de Madame Sampieri. Et alors ? Mon mari ne la regarde même pas cette vieille peau. C'est moi qu'il désire. N'est-il pas toujours à vouloir me serrer contre lui, me mettre ses mains entre les jambes ?

Je me glisse entre les draps froids. Au-dessus de moi, aucune respiration ne se fait entendre. J'espère que les petits sont heureux au centre de loisirs. J'attrape un des magazines féminins que Madame Sampieri me donne chaque semaine. Aucune femme ne me ressemble. Je n'ai pas envie de savoir comment perdre trois kilos (vingt seraient plus significatifs), ni comment boucler mes cheveux, poncer mes pieds, raffermir mes seins, séduire un homme et le garder, organiser des dîners pour quinze personnes en moins d'une heure, ni aucune de ces choses qui distinguent les vraies femmes des concierges.

Il est neuf heures et demie, j'appelle le Portugal. Oui, Carlos est arrivé. Non, sa mère ne va pas bien. Non, il ne rentrera pas avant un bout de temps. Un mois peut-être. Il a retrouvé ses frères, des copains d'école. Ça ne l'empêche pas de penser à moi. Tout le monde m'embrasse.

Je tourne dans le grand lit. Je vais m'y faire, un mois, ça passe vite. Et puis, dans dix jours, les enfants seront rentrés.

La Souterraine

Il a dit : « J'ai pensé aux bottes, on pourra faire des balades, même sous la pluie. » Elle a fait un Mmmm approbatif. Comme les bagages étaient dans le coffre, le goûter sur la banquette arrière et le chien sous le tableau de bord, ils ont claqué les portes et ils sont partis. La météo n'était pas optimiste, mais que pouvait-on attendre d'un week-end de Toussaint dans la Creuse ? Ça. C'est-à-dire un ciel mi-blanc mi-gris, une légère humidité planant dans l'air.

Ils étaient encore pleins de leur semaine de travail, un peu surpris qu'elle se termine ainsi, un jeudi midi. Les dossiers reposaient sous le siège du conducteur, il aurait le temps de potasser lorsqu'elle prendrait le volant. « On a choisi le bon moment pour sortir de Paris », a-t-il remarqué avec allégresse.

Elle a acquiescé. Elle sentait le sommeil la gagner. Les insomnies des deux dernières nuits l'avaient rongée. Elle a incliné son siège vers l'arrière, a proposé un peu d'eau à son compagnon, ou autre chose. Il a objecté rudement : « On vient de partir. » Sous-entendu : il en aurait envie plus tard. Il a commencé à tripatouiller les boutons pour trouver une station, sans vraiment tenter d'en atteindre juste pour lui signifier qu'il serait bon qu'elle s'occupât de ce voyage. Elle a soupiré en se redressant, a pris en main la recherche d'une fréquence audible. Ils étaient à peine sortis de Paris, c'était facile encore. Elle a demandé : « Ça te va ? » (c'était un tube de Simon and Garfunkel, incontestable, il ne pouvait pas râler). Il a grommelé : « Ta mère nous attend pour le dîner ? », comme s'il avait pu en être autrement. Elle a répondu en toute logique : « Evidemment. » Il s'est senti un peu bête et ça l'a agacé. Il a fait mine de se concentrer sur les bifurcations.

Elle s'est laissé bercer par la route. Ses yeux restaient à demi ouverts, elle l'observait, de profil, conduisant, notait qu'avec les années son double menton ne s'était pas arrangé (son ventre non plus, mais de là où elle se tenait, il n'était pas aisé d'en juger). Elle n'avait pas non plus besoin de le voir pour savoir que, dans ce visage de plus en plus bouffi, les yeux semblaient rapetisser, à en rendre le regard chafouin. Elle s'en est voulu de cette mauvaise pensée. Pourquoi maintenant, alors que, si gentiment, il la conduisait dans sa famille à elle, à côté de La Souterraine, et qu'il avait même pensé aux bottes pour les promenades dans la campagne. C'est si beau le Limousin, si vert, si riche, rien à voir avec son pays à lui, dans le Nord, paysages de terrils désolés, villes minières aux maisons grises, toutes pareilles.

Ses yeux se fermaient lentement, elle sentait son esprit sur le point de s'envoler et de trouver son repos. Il a dit : « Je prendrais bien un peu d'eau maintenant. » L'esprit a réintégré son écorce, douloureusement. Elle a plongé la main entre les fauteuils pour attraper la bouteille. Elle l'a débouchée, la lui a tendue. Il a bu en déglutissant bruyamment (du moins l'a-t-elle entendu ainsi). Elle s'est dit qu'elle supportait de plus en plus mal les bruits du corps de son mari, s'est reproché cette pensée et a laissé sa tête retomber en arrière. Brusquement, il a soupiré avec agacement : « Je me demande si on n'a pas laissé passer l'embranchement. Je ne peux pas tout faire : conduire et regarder les panneaux. » Elle s'est sentie prise en faute, a redressé son siège, renonçant à dormir. Les indications ne lui disaient rien. Elle a sorti la carte pour découvrir, mortifiée, qu'ils faisaient route vers Lyon. La circulation autoroutière commençait à se densifier, pas question de revenir en arrière, au risque de se retrouver dans les embouteillages. Il a fait : « Alors ? », impatienté. Elle a suggéré qu'ils quittent cette autoroute pour chercher la bonne direction plus loin. Il a dit qu'elle était vraiment nulle, elle s'est retenue pour ne pas le planter là. Elle ne pouvait pas. Ils étaient au milieu de la chaussée et puis, comment irait-elle dans la Creuse sans lui ?

Il n'a pas besoin de se tourner vers elle pour savoir ce qu'il ne veut plus voir : son air revêche, ses lèvres pincées, ses rides qui se creusent de plus en plus tristement autour de sa bouche, témoins d'une vie qu'ils n'ont pas su rendre gaie. Il lui semble que c'est son échec à lui, ce visage vieilli sans joie. Qu'aurait-il dû inventer pour rendre la vie plus légère ? La tromper moins, peut-être. Et encore... Elle n'en sait rien. Comment peut-elle souffrir de ce qu'elle ignore ? Rentrer plus tôt le soir ? Sans doute pas, leurs tête-à-tête sont des moments de torture durant lesquels chacun se retient de formuler sa déception. Surtout ne pas hausser le ton, ne pas effrayer la petite, plus si petite, une adolescente, un peu ingrate, comme sa mère. Elle était mignonne à vingt ans (frimousse espiègle, sourire frais, yeux francs), Catherine L., devenue Madame Gilbert Sampieri, cette bourgeoise aux allures frustrées, à la jupe stricte, foulard de grande marque, collier de perles. Il ne sait pas pourquoi il reste. Par peur ? Par pitié ? Par habitude ? Un peu des trois. Il serait si fatigant de commencer une nouvelle vie à son âge, tandis que celle-ci présente des avantages matériels certains, et peut-être même psychologiques, si on y réfléchit bien.

Leur fille, Sophie, est partie apprendre l'anglais dans une famille chic de Londres. C'est ce qui rend l'habitacle si vide et l'ambiance si explosive. La présence de la petite est un thermostat. Privés de ce régulateur, les époux Sampieri ont l'impression de flotter dans leur malaise, sans repères quant à l'attitude à adopter. Ils pourraient crier, mais ce serait contraire à leur éducation et puis, à quoi bon, rien, hormis l'usure du temps, ne justifie une telle débauche d'énergie.

Elle lui montre le panneau indiquant l'entrée sur la bonne autoroute. Il répond : « Je ne suis pas aveugle. » Elle ne se sent ni l'envie ni la force de surenchérir. De nouveau, elle se laisse bercer, ses paupières s'alourdissent. Il demande : « Tu ne crois pas qu'il faudrait faire boire le chien ? On crève de chaud dans cette voiture. » Plus tard, il réclamera son goûter et elle proposera de conduire. Au moins, l'attention qu'elle doit porter à la route la maintient en alerte. C'est le relâchement intermittent qui rend le retour à la conscience si pénible.

Il dit : « Tu ne veux pas mettre tes deux mains sur le volant, c'est dangereux, là » et aussi : « Tu ne peux pas garder un peu plus de distance, tu vas lui rentrer dedans » et puis : « Qu'est-ce que tu as besoin de le doubler, on va bien assez vite comme ça », ou « Si ça t'embête de conduire, dis-le, moi, j'ai l'habitude ». Elle ne sait plus, des deux situations (conduire ou ne pas conduire), laquelle est préférable. Il sursaute sans arrêt (et sans raison), il s'agrippe à l'accoudoir comme si chaque virage mettait leur vie en danger. Il la rend nerveuse. Finalement, c'est pire que d'être réveillée toutes les cinq minutes. Elle accepte sa proposition et s'arrête sur l'aire de repos suivante. « Je crois que ça vaut mieux », conclut-il.

Elle pense qu'elle devrait sûrement le tromper (si elle était sage), mais l'idée la fatigue, et la dégoûte un peu aussi. Cette familiarité qu'il lui faudrait recréer de toutes pièces. Alors que c'est si simple d'attendre la mort tranquillement, avec bonne conscience. Tout le monde ne peut pas réussir sa vie. Au moins n'a-t-elle pas de soucis d'argent, c'est déjà ça ; ni de craintes pour son intégrité physique, ah non, Gilbert Sampieri n'est pas un nerveux, et c'est appréciable. Certes, cette vie est un peu ennuyeuse, à chacun sa pierre. Elle pense à sa sœur, Edith, qui a divorcé trois ans après son mariage, et qui a aligné les amants. Madame Sampieri ne l'envie pas. D'abord parce que la fille d'Edith est une adolescente rebelle, ce qui montre qu'elle ne va pas bien, contrairement à Sophie qui est la gentillesse incarnée. Ensuite, parce que Edith souffre de ses ruptures successives, chaque fois davantage, semble-t-il. Au moins Catherine Sampieri a-t-elle la chance de ne rien ressentir de douloureux, et c'est une grande satisfaction pour elle.

Ils ont épuisé tous les sujets de fâcherie (les prochaines vacances, les rencontres avec les professeurs de Sophie, les réparations à prévoir sur la toiture de leur maison de campagne, la moquette à changer dans la chambre de leur appartement parisien, les invitations à rendre aux Simon, aux Finkelstein, aux Meltesse...), se sont arrêtés deux fois (une pour faire pisser le chien, l'autre pour pisser eux-mêmes), ont failli en venir aux mains à cause d'Autoroute F.M. que Madame Sampieri ne parvenait pas à stabiliser, ont téléphoné trois fois (une à Sophie, une à Madame L., mère et belle-mère du couple, une à X., collègue de Monsieur, censé fournir les informations sur cette après-midi de bureau séchée), se sont exaspérés l'un l'autre quelques dizaines de fois, sans jamais vraiment hausser le ton, comme si Sophie était toujours derrière leur dos.

Enfin, un panneau indique La Souterraine, à dix kilomètres. Il fait noir. Heureusement, Madame Sampieri connaît sa région. Elle le fait tourner à droite au bon endroit, il ne trouve rien à redire. La voiture s'engouffre sur le petit chemin qui mène à la maison de famille (demain, il faudra aller mettre des fleurs sur la tombe du père et beau-père).

La mère leur ouvre la porte en s'écriant :

– Entrez vite, vous avez failli être en retard pour le dîner. Edith est déjà là depuis plusieurs heures.

Il aurait envie de soupirer mais se retient :

– On a fait au mieux, dit-il.

– Je n'en doute pas, dit la mère avec un sourire qui ressemble à une grimace.

– Nous sommes si contents d'être là, affirme Catherine Sampieri (avec ce même sourire-grimace).

– Ton mari est si gentil de t'accompagner comme ça si souvent, Catherine, tu en as de la chance...

Déjà le mari en question s'est engouffré dans la maison. Sa femme se force :

– Je sais.

– Ah, ce n'est pas comme ta pauvre sœur, qui ne cesse de se morfondre...

Il est en haut des escaliers. Leur chambre habituelle est au fond du couloir. En passant, il voit la lumière par la porte entrouverte d'Edith. Il frappe.

– Ah, vous êtes déjà là, dit-elle en le voyant, je n'avais pas entendu.

– Ce n'est que moi, Catherine discute avec ta mère. Il paraît que le dîner est presque prêt.

– Que ça ne t'empêche pas de m'embrasser.

Edith ressemble à ce qu'aurait pu être Catherine si elle ne s'était pas desséchée : le sourire frais, le visage espiègle.

– Tous ces kilomètres, dit-il. Un cauchemar. Qu'est-ce que je ne ferais pas pour toi !

Etre et avoir été

Vingt-trois heures.

Jamais il ne s'est couché si tôt. Cette soirée l'a mortifié. Il en avait entendu parler, n'avait pas envisagé que cela puisse lui arriver. Panne. A lui. Herbert Dobigné. L'humiliation. Un seul échec, et il en oublie la cohorte de ses conquêtes. Des dizaines. Non, des centaines. Lui. L'homme libéré des années soixante-dix. Le théoricien de l'amour. L'écrivain-référence. Pas de discours sur le sexe sans passer par lui. Il va se coucher. Il pourrait aussi bien mourir. Pour ce qu'il lui reste à vivre.

Vingt-trois heures trente.

Impossible de se concentrer sur la moindre phrase. Les pages de ce livre défilent sans que rien ne s'imprime dans son cerveau. A la place, l'image de cette petite grue. Sa lectrice type. Groupie. « J'aime beaucoup ce que vous faites, Monsieur Dobigné. » Eh quoi ! on ne leur apprend donc plus le sens de la formule dans ces nouvelles universités. Elles se tortillent, les pieds en dedans, les doigts nerveusement repliés, le regard pourtant provocant, fières déjà d'être parvenues jusqu'à lui. Il les connaît, ces jeunes femmes. En quelques phrases, elles sont à lui. « Laissez-moi faire votre connaissance. Vous êtes plutôt thé ou whisky ? »

Minuit.

Celle de ce soir était à peu près jolie. Sans plus. Mais le physique n'y était pour rien. Il en avait baisé de plus moches sans que cela lui pose problème. Elle était plutôt whisky. « J'en ai un excellent chez moi. » Ça ne rate jamais. Elles sont trop curieuses de connaître son antre. Elles acceptent toutes. A ce stade, rien ne laissait supposer le fiasco. Il se sentait comme d'habitude, alerte, conquérant, excité.

Quarante ans depuis qu'il a publié son premier roman. Un succès. Les grands écrivains de l'époque l'ont salué comme le génie de sa génération. Ça l'a aidé pour le dépucelage. Il était très en retard. Dans sa province natale, les filles n'étaient pas faciles. La pilule n'existait pas. Un premier mariage au milieu des années soixante. Une épouse un peu timorée. Une petite fille, Barbara, qui a commencé à râler lorsque les proies de son père ont eu son âge, ou l'inverse (à présent qu'elles ont l'âge d'être sa fille, Barbara ne dit plus rien. Elle a coupé les ponts, a suivi son mari à Hong-Kong). Un divorce et puis l'explosion, la jubilation. On a appelé ça la libération des femmes. Disons qu'on a ouvert les portes des cages, elles se sont échappées par centaines, les chasseurs n'avaient même plus à viser pour les tirer. L'âge d'or. Herbert Dobigné a pu élaborer un certain nombre de théories à partir de ses multiples expériences, lesquelles l'ont conforté dans un rôle d'expert intello-sexuel médiatique. Retour de manivelle au milieu des années quatre-vingt. Sida. Méfiance. Second mariage. Une épouse un peu éthérée, trop jeune, trop pâle. Un fils. Une grande satisfaction. Aubin, d'une beauté sculpturale. Il fera des ravages. Digne fils de son père. Quelle réussite, cette vie ! Aucune faute de parcours. Années quatre-vingt-dix, la menace s'est éloignée, les affaires ont repris. Second divorce. Prestige des cheveux gris. Les étudiantes tombent comme des mouches. Mais comment est-ce possible ? Pourquoi maintenant ?

Minuit et demi.

Elle s'appelait Aurélie. Un prénom à oublier. Elle frétillait en s'asseyant sur son canapé. Ses yeux brillaient en trinquant son verre contre le sien. Il l'a entreprise comme d'habitude. Elle s'est laissé faire. On ne trouvera pas d'explication de ce côté-là.

Au cours de sa carrière, il a exprimé un avis sur tout : l'homme, la femme, leur psychologie, leurs désirs, leurs hormones, leur appareil génital, leurs relations, leur âme. Il a défendu la fidélité et l'infidélité, le couple et le célibat, le secret et le grand déballage, la pudeur et l'exhibition. Aucune émission de télévision sur un thème hétérosexuel ne peut se concevoir sans lui.

Et c'est cela qu'elles attendent de lui, ces jeunes femmes, le partage de cette expérience.

Une heure du matin.

Aurélie a dit : « Ce n'est pas grave, ça arrive à tout le monde. » Et c'était pire que tout, cette indulgence, comme s'il avait été un homme quelconque. Pour avoir l'air de détourner l'attention, il a suggéré d'aller dîner. Aurélie n'avait pas faim. Elle a proposé de partir, ce qui était effectivement la meilleure solution. Que va-t-il devenir ? Hormis ses deux épouses (et encore), il n'a pas entretenu de relations très suivies avec les femmes. Il aurait dû être plus prévoyant, s'assagir lorsqu'il était encore temps, prévoir la consolation de son grand âge.

Deux heures.

Ne pas s'endormir est un épuisement. Est-il condamné à achever sa vie, seul et misérable ? Le tour est fini, il faut descendre du manège. Non, c'est trop cruel. Alors qu'il se sent au summum de ses capacités intellectuelles, qu'il peut récolter les fruits de ce qu'il a été, tout ce crédit qui lui est accordé. Il veut continuer à être. Et tirer profit d'avoir été.

Trois heures.

Viagra. Il s'est moqué, jadis. Et alors ? Demain dès l'aube, appeler le médecin.

Quatre heures.

Et demain soir, le tester. Principe d'équitation : ne pas rester sur une chute, remonter en selle immédiatement.

Cinq heures.

Anticiper sur les mauvais jours. Songer à un troisième mariage.

Un dépanneur en or

Elle a appuyé sur le bouton. La tête de William Leymergie est apparue. Elle s'est déformée, agrandie dans un rictus affreux. Il a fait schplounch ou quelque chose d'approchant tandis que l'écran tournait jaune, le rectangle s'est ratatiné comme peau de chagrin, tout est devenu noir, le poste a refait schplounch (signe d'expiration, probablement), avant de s'enfermer dans le mutisme. Elle est restée devant, bras ballants, bouche ouverte, hébétée par toute cette misère qui venait de s'abattre sur elle sans prévenir. Elle a tendu son bras nerveux. Ses doigts noueux, déformés par la polyarthrite, ont happé la télécommande d'un geste semblable à celui du drogué en manque qui apercevrait une seringue pleine. Elle a appuyé sur tous les boutons susceptibles de produire un effet positif, sans résultat. Son visage ridé s'est décomposé. Depuis que son fils unique est parti s'installer au Pakistan, en 1983, elle ne pensait plus connaître pareille détresse. Bien sûr, elle en a vécu des drames : la mort du chien (Fidel) en 1980, la mort du mari en 1970, la déportation de sa mère en 1943, la mort de son père à Verdun (en 1916), mais elle n'en avait pas de souvenirs car elle était encore dans le ventre de sa mère. La mort de la télé, là, en 2004, la prenait de court. Elle se sentait désarmée. Le combat, ce n'était plus de son âge.

Elle ne se souvenait plus d'où venait ce téléviseur. Et même s'il y avait eu un service après-vente, depuis le temps, il y aurait prescription. Il allait falloir trouver un dépanneur, et vite. Le programme s'était interrompu depuis cinq minutes qu'elle sentait déjà le vide entrer en elle. Elle ne savait plus rien. Cela faisait tant d'années qu'elle n'avait pas eu à prendre de décisions. Elle résolut de s'en remettre à la concierge, parce que ces gens-là, ils ont l'habitude, ils savent tout faire, ils sont débrouillards. Pour ça, il allait falloir descendre ses quatre étages à pied (autrement dit, le mont Blanc), et avant, s'habiller parce qu'elle ne pouvait tout de même pas se balader comme ça en peignoir, traverser la cour dans le froid, non, ce ne serait pas convenable. Elle devait aussi petit-déjeuner, mais justement, elle le prenait toujours sur un plateau qu'elle posait devant Télématin, sans l'émission son repas perdait son sens. Tout était chamboulé, elle ne savait plus par où commencer. S'habiller, peut-être, afin de se remettre les idées en place.

Elle faisait encore sa toilette à l'ancienne, debout devant le lavabo, à l'aide d'un gant de toilette. Elle ne comprenait pas ces gens qui prenaient des douches tous les jours, voire deux fois par jour (c'est ce qu'avait affirmé Madame Rodrigues au sujet de Madame Sampieri, si, si, elle en était certaine, puisque c'est elle qui lavait la baignoire chez les Sampieri). Elle retrouva ses gestes habituels, son eau à peine tiède, et cela lui fit du bien de constater que c'était au moins une chose qui n'avait pas changé. Elle s'habilla d'une robe de laine bordeaux très ancienne, qu'elle aimait beaucoup car elle épousait bien sa silhouette voûtée et lui donnait du confort. Elle renonça au petit déjeuner car cela lui aurait semblé insupportable de devoir manger seule, alors qu'elle était si familière de ces matins en tête à tête avec William. Elle faillit oublier sa clef à l'intérieur et souffla de soulagement de s'en être rendu compte avant qu'un nouveau drame ne soit survenu. Elle avait passé une veste chaude sur les épaules ; bien lui en prit car, après moult efforts pour parvenir au rez-de-chaussée, elle eut un nouvel accès de découragement devant la porte fermée des concierges. Elle les maudit jusqu'à la treizième génération. Elle s'en plaindrait lors de la prochaine assemblée de copropriétaires, ça lui ferait une bonne raison de s'y déplacer. Car enfin, un concierge, c'est fait pour vivre dans sa loge. Sinon, ça ne sert à rien.

Au point où elle en était, elle décida de sortir dans la rue pour trouver elle-même un dépanneur. Remonter ses quatre étages (autrement dit, l'Himalaya) sans avoir avancé d'un poil sur le chemin de la guérison lui sapait le moral. Elle n'était pas sortie depuis deux mois. Madame Rodrigues lui montait ses courses trois fois par semaine et en profitait pour lui faire un peu de ménage. Il faisait gris, pas du tout un temps à mettre le nez dehors. Elle ressentait avec douleur l'épreuve qui lui était infligée ce matin-là. Pourquoi elle ? Qu'avait-elle fait de mal qui nécessitât un tel acharnement ? Il y avait dans sa rue une entreprise générale, mais elle n'était pas encore ouverte. Et c'est ainsi qu'elle réalisa que Paris, à cette heure, n'était pas bien réveillé. Elle se souvint que le concierge était rentré au Portugal enterrer quelqu'un de sa famille, et que sa femme ne pouvait qu'être sur le chemin de l'école. En fait, le plus simple était sûrement de l'attendre devant la loge, elle ne devrait pas tarder.

Raisonnement qui se révéla juste et la réjouit grandement. Un parce qu'elle allait pouvoir se décharger de son problème sur quelqu'un de compétent, deux parce que ça faisait longtemps qu'elle n'avait pas pris de la sorte une si bonne initiative. Madame Rodrigues considéra très au sérieux l'infortune de la vieille dame.

– On va aller voir ça tout de suite, madame Chamoulot, dit-elle avec un accent très prononcé, et aussi une grande amabilité.

– Oh, je ne suis pas sûre que vous puissiez la réparer, le mieux c'est de trouver un vrai dépanneur.

Le problème, c'est que c'est encore fermé à cette heure.

– Venez attendre dans la loge, madame Chamoulot, je vous prépare un thé.

– Eh bien, ce n'est pas de refus. Avec toutes ces émotions, je n'ai pas pris de petit déjeuner.

– Pauvre madame Chamoulot, entrez vite. J'ai fait des petits gâteaux de chez nous hier au soir pour fêter le retour des garçons qui étaient en colonie, je vais vous en mettre dans une assiette.

– Merci, c'est très aimable.

La concierge s'empressa autour de la vieille propriétaire, l'aida à s'asseoir, lui fit chauffer de l'eau, lui remplit une assiette de petits gâteaux secs, enduits de sucre glace.

– S'il vous plaît, madame Rodrigues, vous pourriez me mettre Télématin.

– Bien sûr, madame Chamoulot.

Lorsque l'écran fut allumé, que la tête de son cher William réapparut dans ses bonnes proportions, Madame Chamoulot eut l'impression de respirer de nouveau, comme si le temps qui s'était suspendu depuis près d'une demi-heure pouvait de nouveau recommencer à s'écouler. Si bien qu'à neuf heures elle entendit à peine la concierge qui lui criait qu'elle allait tenter de trouver une entreprise ouverte. Elle ne s'aperçut pas non plus qu'à neuf heures trente elle était revenue. En revanche, elle paniqua lorsqu'elle entendit :

– C'est bon, madame Chamoulot, un réparateur va venir chez vous, dans la journée. C'est un miracle, madame Chamoulot, d'habitude ils ne se déplacent pas si vite. C'est seulement parce que j'ai insisté.

– Ils vous ont précisé l'heure ?

– Non, ils ne pouvaient pas, mais ça ne devrait pas tarder, vous devriez monter attendre le dépanneur, j'ai précisé votre étage et votre porte. Ne vous inquiétez pas, ce sont des gens très bien. On les connaît dans le quartier.

Madame Rodrigues ne tenait pas à expliquer qu'elle avait maintenant quelques ménages qui l'attendaient à l'extérieur. Elle avait pensé laisser Madame Chamoulot devant la télé, mais craignait qu'elle ne laissât passer le réparateur sans s'en rendre compte. Non, vraiment, il fallait que la vieille dame remonte chez elle.

– Je vais vous accompagner, madame Chamoulot.

– C'est gentil, merci.

Elle se détacha avec grande difficulté du téléviseur. Madame Rodrigues l'éteignit pour faciliter la séparation.

Elle se lança sans conviction dans l'ascension des marches. Au moins avait-elle l'assurance que quelqu'un viendrait régler son problème dans la journée, ce n'était pas si mal. Elle dit :

– Remarquez, vous pouvez peut-être jeter un œil au poste, on ne sait jamais.

Madame Rodrigues ne se montra pas optimiste.

– Ça me paraît mort ça, madame Chamoulot.

– Oh, ne dites pas ça, que vais-je devenir ?

– Je peux me tromper, vous verrez ça avec un professionnel, dit la concierge battant en retraite.

Entre dix heures et dix-sept heures, madame Chamoulot décida de se laisser mourir. Toutefois sauter un repas était insuffisant pour la faire passer de vie à trépas, d'autant qu'elle s'était gavée le matin de petits gâteaux portugais. Quand le dépanneur sonna, il put constater qu'il était attendu comme le Messie.

– Vous êtes madame Chamoulot ?

– C'est pas pour moi, c'est pour ma télé, dit-elle comme s'il s'agissait d'un malade humain.

– Je sais, dit l'électricien (qui s'appelait Etienne) interloqué, montrez-moi ça.

Etienne tripota quelques boutons, ouvrit le poste, vérifia un certain nombre de fils. Devant son poste éventré, la malheureuse femme souffrait le martyre. Soudain, le verdict tomba :

– Soyez courageuse, madame Chamoulot, il n'y a rien à faire, cette télévision a vécu et bien vécu, je dirais, il faut maintenant la jeter.

– Mais que vais-je devenir ? répéta-t-elle, comme devant Madame Rodrigues, sauf que, cette fois, le pauvre Etienne ne pouvait guère la rassurer en racontant des bobards.

– Il vous faudra acheter un nouveau poste. Il en existe de beaucoup plus modernes que celui-ci et pas trop chers.

– Combien ?

– Tous les prix sont sur le marché, mais je dirais que pour cinq ou six cents euros, vous pouvez avoir quelque chose de pas mal du tout.

– Comment voulez-vous que je trouve une somme pareille ? se désespérait-elle.

Etienne vit bien qu'elle n'avait pas l'intention de lui payer son déplacement, mais il ne s'en formalisa pas tant cette femme semblait écrasée par le malheur.

– Vous pouvez peut-être emprunter ?

– A mon âge, les banques n'accordent plus de crédits. Et puis le temps de négocier un prêt, d'acheter le poste, je serai déjà morte.

Elle s'effondra dans un fauteuil en écrasant une larme.

– Dans moins d'une heure, c'est « Questions pour un champion », et je n'aurai toujours pas trouvé de solution. Et ce soir, ils passent la suite du téléfilm d'hier. Je ne connaîtrai jamais la fin.

Etienne écoutait ses lamentations avec compassion.

– Ecoutez, je crois que mes beaux-parents ont un

poste dont ils ne se servent plus, je vais voir s'ils accepteraient de s'en séparer.

– Oh, monsieur Etienne, vous feriez ça ? Vous me sauveriez la vie ?

– N'exagérons rien, grommela Etienne.

Il prétexta un problème de réseau pour descendre téléphoner dans la rue. C'est qu'il allait devoir expliquer à sa belle-mère l'étendue des dégâts et, pour ça, il ne pouvait pas s'exprimer librement devant l'intéressée.

Il eut de la chance. Sa belle-mère comprit tout de suite le problème. Elle-même aurait eu du mal à survivre sans ses émissions favorites. Chez elle, il y avait deux postes, un pour chaque conjoint. Et même un troisième qu'on avait relégué dans le grenier. Celui-là n'était pas en grande forme, mais il pouvait tenir quelques mois, voire plus, le temps que Madame Chamoulot fasse des économies.

– Merci, dit Etienne, j'arrive.

Il aperçut Madame Rodrigues et la chargea de prévenir la vieille dame de son prompt retour. En chemin, il appela la dame de son rendez-vous suivant pour l'avertir de son retard.

Elle appuya sur le bouton. La tête de Julien Lepers apparut. En couleurs, pas déformée ni rien. Elle soupira d'aise. Etienne se sentit soulagé, de même que

Madame Rodrigues, comme après une attente à l'hôpital qui se serait bien terminée.

Ils se tenaient tous deux dans l'entrebâillement de la porte du salon, prêts à s'éclipser.

– Au revoir, madame Chamoulot, dirent-ils d'une même voix.

– Jaune et bleu, s'écria madame Chamoulot.

– Comment ? demandèrent les visiteurs à l'unisson.

– Julien demande la couleur du drapeau suédois, alors je dis c'est jaune et bleu ! et l'auteur du *Père Goriot*, c'est Balzac. Moi, dit la vieille dame d'un air satisfait, je suis très forte à ce jeu-là.

Demain, on dîne

Elle l'attend, elle se prépare, elle rêve (ses bras, ses mains, son ventre...), elle pense à ce qu'elle mettra lorsqu'ils sortiront dîner. Le petit est chez son père. Quel restaurant ? L'italien, au coin. Elle s'appuiera sur son bras...

Il tarde. Elle nettoie, elle range, tout brille.

C'est ainsi (il dit : dix-huit heures, ce qui l'oblige à sortir en avance de son travail), il a toujours une heure de retard au bas mot, elle devrait le savoir. Dix-neuf heures quarante : il appelle, il est désolé, il a eu un imprévu, il va arriver. Elle se dit qu'au moins, à vingt heures, elle regardera les infos. Elle sait qu'il viendra, il vient toujours, il a trop envie d'elle. Mais c'est dommage, elle aurait eu le temps de prendre une douche, de s'habiller de propre, quitter ces vêtements qui sentent la journée de travail, la promiscuité du métro, le tabac des collègues à la cafétéria. Vingt heures, elle allume la télé. Patrick Poivre d'Arvor. C'est déjà ça, elle aura les titres. Même pas, ça sonne, il est là devant la porte, faisant mine d'être désolé, le travail, le stress. Depuis le temps, elle connaît la musique, ça fait un an que tous les mardis soir, il vient la retrouver. Les week-ends, il part à la campagne avec sa famille, rentre tard le dimanche. Les autres soirs, le petit est là, elle ne veut pas prendre le risque qu'il voie, qu'il entende, qu'il surprenne.

Il se jette sur elle, gourmand. Elle ne fait même pas mine de le repousser, de lui offrir à boire, de l'obliger à prendre son temps. Au diable l'hypocrisie. Après tout, il est là pour ça. Ils le savent. Il remonte la main le long de ses bas, la glisse sous sa jupe, la frotte entre ses cuisses, l'introduit dans sa culotte. A cet instant il gémit, comme s'il avait attendu toute la semaine d'être là au chaud. Elle aime ce moment autant que lui, cette sensation d'être le port qu'il rejoint toujours. Il la pousse vers la chambre. D'un geste doux, mais ferme, il l'allonge sur le lit. Il détache ses bas, puis recule pour se déshabiller. Elle retire sa jupe, sa chemise, et le reste.

Elle est nue devant lui, lui devant elle. Il laisse tomber sa tête entre ses cuisses. Il la tient comme si elle était la personne la plus importante au monde. Elle le saisit par les épaules, le remonte sur elle. Il la serre. « Mon amour », dit-il (variante : « Tu m'as tellement manqué », il ne l'appelle jamais Aline, tandis qu'elle aime tant répéter le sien, François, non pas qu'il lui plaise, mais dans l'instant, elle a le sentiment de posséder enfin cet homme). Son ton est tendre, ses paumes chaudes caressent ses seins. Elle l'introduit en elle, impatiente. Il gémit de nouveau. Elle roule sur lui, il la laisse faire. Elle a l'impression qu'elle ne se lassera jamais de ce corps qui se livre à elle. « Je suis bien », dit-il, et il l'est, avec sincérité. Il voudrait rester dans ces bras toute la nuit. Il en rajoute : « Je pourrais te faire l'amour des jours et des nuits, sans arrêter. » Elle ne répond pas. Ce sont là propos d'homme encore inassouvi. Il est patient. Il la caresse, murmure qu'il l'attendra, qu'il n'a pas de souhait plus cher que de la faire jouir. Elle s'abandonne peu à peu. De semaine en semaine, leurs corps ont trouvé le bon mode d'emploi. Il la laisse jouir une fois ou deux, et puis s'enferme dans son propre plaisir. Sa jouissance ressemble à un sanglot. Il l'embrasse. Son corps se détend sur le lit. Elle le sent qui s'assoupit. Elle le regarde sans le toucher, puis s'allonge à ses côtés.

Il somnole un court moment, ouvre les yeux, tend la main vers elle qui ne bouge plus. Sa bouche esquisse un sourire satisfait. Il se lève pour aller prendre une douche. Elle sent une douleur familière sourdre dans son ventre. Elle s'enfonce sous les draps. Il revient avec une serviette autour de la taille. Il n'aime pas sa nudité d'homme. Elle ne le connaît que dans la performance. Elle aime le sexe de l'homme au repos, mais ne le dit pas. Inutile de créer une intimité du quotidien. Pour la forme, elle dit : « Où dîne-t-on ? » Il répond comme s'il en était sincèrement navré, mais qu'on ne l'y reprendrait plus : « Pas ce soir, j'ai un dîner professionnel, je ne peux pas y échapper, mais je te promets, on ira la prochaine fois. » Comme chaque semaine. Elle s'enfonce davantage sous les draps. Il l'embrasse sur le front. « Je t'appelle », dit-il. Même un borborygme ne sortirait plus de sa bouche à elle. Lorsqu'elle entend la porte se refermer, elle allume la télé, le film est déjà bien entamé. Elle va chercher dans le réfrigérateur les restes d'un plat de la veille qu'elle fait réchauffer au micro-ondes. Elle le mangera devant l'écran.

Avant de s'endormir, elle se dira : Mardi prochain, je sors avec des copines, tout en sachant que lorsqu'il appellera le lundi pour lui proposer de dîner le lendemain, elle dira : « Oui, bonne idée, à demain. »

Celle qui hurle dans sa tête

– Celle qui n'y voit goutte, suggère le petit Anatole, qu'on a déjà nommé Celui qui ne s'arrête jamais.

Depuis quelques minutes, Monsieur Timbard, le professeur de français, se demande s'il n'est pas devenu fou d'avoir proposé cet exercice à ses élèves. Ecrire un fragment de pièce de théâtre aurait suffi. Quel besoin a-t-il eu de vouloir que chaque élève ait un rôle, une tirade, un nom indien ? Et pour commencer, n'aurait-il pas dû s'en tenir au programme comme les autres années. A présent, ces sales mômes s'en donnent à cœur joie pour se balancer leurs quatre vérités en travers de la figure sous couvert d'adaptation à la civilisation amérindienne.

Celle qui n'y voit goutte a des lunettes rondes très épaisses ainsi qu'un appareil dentaire à bagues métalliques qui n'épargne aucune dent ni en haut ni en bas.

– Celle qui a une mâchoire d'acier, avance Paul, alias Celui qui arrive en retard.

– Celle qui a eu zéro en maths, ricane Mathieu, alias Celui qui court plus vite que son ombre.

– Celle qui porte des jupes immondes, s'esclaffe Nicolas, encore innommé.

Le visage de Sophie Sampieri, qui avait d'abord tourné tomate, est maintenant blême. Monsieur Timbard hésite sur la phrase à prononcer en priorité. Il n'a jamais connu de cas semblable auparavant. Il se jure qu'il n'en connaîtra pas d'autre. Terminé, le jeu des surnoms, terminé, les pièces à écrire collectivement, le trimestre prochain, ce sera *Britannicus* et puis marre.

L'avantage avec ces lunettes, c'est que personne ne sait vraiment ce que Sophie regarde. Ses yeux sont posés sur Aubin (Celui qui joue avec le vent, parce que, quand il court, ses cheveux blonds un peu longs lui balaient le visage ; on aurait pu dire aussi Celui qui a un visage d'ange, Celui qui reste calme, Celui qui ne quitte jamais les pensées de Sophie, et plus encore). Elle est soulagée qu'il ne dise rien. Qu'importe ce que profèrent les autres, puisqu'elle se moque de leur avis et qu'ils ont raison de toute façon, elle ne voit rien sans lunettes, sa bouche est un rayon visserie à elle seule, elle déteste les maths et les jupes écossaises que sa mère l'oblige à porter. On lui a raconté si souvent l'histoire du vilain petit canard qu'elle a fini par comprendre qu'on cherchait à la consoler. Enfant, elle n'avait pas besoin d'être consolée. Elle n'avait pas conscience de sa disgrâce.

Et aujourd'hui, ils la croient idiote pour s'imaginer qu'elle espère encore se métamorphoser un jour en cygne. C'est impossible. La preuve : sa mère n'a ni lunettes ni appareil dentaire, cela ne l'empêche pas d'être moche. C'est en tout cas ce que doit penser son père, puisqu'il ne rentre plus jamais le soir avant des heures avancées, qu'il ne parle pratiquement plus à sa femme qu'il évite comme une vilaine bactérie. Sophie sourit. Celle qui n'est qu'une bactérie risque bien de lui passer un savon monumental ce soir si le bulletin du trimestre est arrivé. Pourvu que l'administration ait pris du retard. Celle qui n'est qu'une bactérie, ça lui va bien. Elle y pensera ce soir en dînant seule dans la cuisine, sa mère l'observant, debout, bras croisés, prétendant qu'elle dînera plus tard, avec le père. Mais Sophie n'est pas dupe, il ne rentre pas suffisamment tôt. La mère finit toujours par grignoter en douce vers neuf heures et demie. Et quand il arrive, elle dort, ou fait semblant. C'est toujours ça, Sophie n'a pas à entendre les reproches de sa mère, ou les fausses excuses de son père.

Monsieur Timbard dit :

– Sophie peut choisir son nom elle-même.

Il essaie de mettre de la douceur dans sa proposition, dans son regard, il voudrait apaiser le feu des sarcasmes.

– Alors, Sophie ? demande-t-il en se tournant vers elle.

Elle se dit : je suis Celle qui ne pense qu'à Aubin.

Mais elle ne peut pas le dire, il serait mal à l'aise, il lui en voudrait. Elle se tait toujours. Elle regarde son professeur qui attend, alors elle dit :

– Celle qui hurle dans sa tête.

Elle sent autour d'elle comme une stupeur palpable. Ça l'amuse. Ils sont tous si lâches, ils se liguent contre elle comme s'ils voulaient la tuer. Et lorsqu'elle montre sa violence, ils se replient. Voilà, ils l'ont à peine effleurée qu'ils abandonnent la partie. Monsieur Timbard regrette davantage son initiative. Il marmonne que c'est un très joli nom, et on passe à Pauline qu'on n'a aucune difficulté à nommer Celle qui grignote toute la journée, puis Anne Celle qui a toujours raison et Lulu Celle qui pleure pour rien, évidemment, cela lui déplaît et elle se met à pleurer.

Les enfants sont tous nommés. Il y a encore eu des larmes quand quelqu'un a suggéré pour Elodie Celle qui a des kilos en trop. Finalement, ils sont tous retournés à leur place avec pour mission la rédaction d'une scène d'exposition. Un petit papier circule de table en table dans la rangée de Sophie et s'arrête sous son nez. Normal, il y est inscrit : « Pour Sophie ». Elle le déplie délicatement. Monsieur Timbard n'en voit rien. A l'intérieur, ces mots : « Celle qui est aimée d'Aubin ». Elle s'attendait à tout. Aucune méchanceté n'aurait pu l'atteindre. Une insulte ? Elle l'aurait déchirée froidement. Elle se découvre fragile, ses mains tremblent. Qui a écrit ? Elle ne connaît pas l'écriture d'Aubin. Elle l'épie, au bout de la rangée, derrière la sienne. Se pourrait-il que... Le Viking est impassible, son visage tourné vers la cour. Un rayon de soleil passe dans ses cheveux. Dans les romans que Sophie aime, qu'elle achète et lit en cachette (parce que sa mère les considère comme des inepties indignes de sa maison, des mièvreries pour secrétaires), des romans pour dames aimant rêver, les hommes sont ainsi, assortis au temps qu'il fait, en osmose avec l'environnement. Aubin n'a pas l'air de quelqu'un qui vient d'écrire une mini-déclaration à une jeune fille. Il soupire en se penchant vers le radiateur. Ce serait plutôt une écriture de fille, estime Sophie. Une copine aurait réussi à glaner des informations inédites ? Elvire, Celle qui défend la tribu (elle est déléguée de classe), assise juste devant Aubin ? Ou Clémi, sa voisine, Celle qui traverse le fleuve (elle est championne de natation). Sophie s'entend bien avec Elvire et Clémi. Comme avec la plupart des filles d'ailleurs, car elle ne leur fait concurrence en rien. Sophie a du mal à tenir en place. Elle a la paix tout le reste du cours. Monsieur Timbard n'ose plus croiser son regard. Peut-être convoquera-t-il un jour sa mère pour lui demander des stupidités. Est-ce que Sophie va bien ? Comment est l'ambiance à la maison ? Pourquoi hurle-t-elle en silence ? Ces choses que les professeurs aiment savoir pour expliquer des résultats insuffisants. Enfin, la cloche sonne.

Elvire dit qu'Aubin est amoureux de Sophie, qu'il le lui a dit, qu'il n'ose pas le montrer, qu'il attend

Sophie après la classe, dans le jardin public, sous la statue de Verlaine, ce qui est déjà une première colle. A quoi ressemble Verlaine et comment le distinguer des dizaines d'autres statues réparties dans tout le jardin ? C'est vrai qu'Aubin récite bien les poésies, mais Sophie ne l'aurait pas cru si accro. Au fond, ça lui plaît. Si Aubin est cultivé en plus d'être beau, c'est une chance, c'est peut-être la raison pour laquelle il parvient à ne pas s'arrêter aux lunettes, à l'appareil dentaire et aux jupes écossaises. Une âme de poète voit au-delà des apparences (il est vrai qu'Aubin a de qui tenir, son père est écrivain). Pourquoi ce soir ? Il a dû être sensible à la méchanceté des autres, vouloir réparer le mal infligé à Sophie. Qu'il se rassure, Sophie n'est pas de celles qu'on abat aisément. Rien ne pourra obscurcir le souvenir de cette journée, ni les railleries ni le bulletin dont Celle qui n'est qu'une bactérie a certainement déjà pris connaissance (puisque Lulu qui ne mange pas à la cantine est revenue en début d'après-midi en affirmant qu'il était arrivé le matin). Celle qui chante dans sa tête a salué les copines et passé les grilles du jardin. Elle s'arrête devant chaque statue pour lire l'inscription. C'est étonnant, se dit Celle qui pense dans sa tête, tous ces inconnus qui ont droit à l'immortalité de leur physique. Quelle fut leur petite gloire qui justifia que l'on fît de leur vivant le moulage de leur buste ? Le vent bruisse dans les feuillages, à moins que ce ne soient des enfants qui jouent à cache-cache. Celle qui rit dans sa tête ne s'attarde pas. Chacun a le droit de s'amuser, au contraire. Elle aussi y aspirerait si ses parents n'étaient pas si lugubres. Aucune de ces têtes n'appartient à Verlaine. Elle commence à s'inquiéter. Si Aubin attend à l'autre bout du jardin, il peut se lasser, renoncer à l'attendre. Quelle idiotie ce rendez-vous culturel ! Elle croit entendre glousser derrière les buissons. Elle se sent nerveuse. Là-bas, bien en évidence au milieu de la pelouse, ce serait une place parfaite pour un poète d'envergure. Deux vieilles dames discutent, debout, leur panier à provisions entre les jambes, trois garçons affalés sur l'herbe se refilent un pétard. Pas de blond en vue. Elle s'approche. Bien vu. Elle pourra dire désormais qu'elle connaît le visage de Verlaine. Elle a peut-être le temps de s'asseoir, de commencer à apprendre la leçon d'anglais pour demain, mais pas l'envie. Et s'il ne l'avait pas attendue... Et si c'était un test... Un garçon comme lui peut ne pas vouloir d'une fille incapable de reconnaître Verlaine au premier coup d'œil. Tout ce que l'on peut imaginer lorsqu'on est amoureuse pour la première fois... Les gloussements se font plus intenses. Celle qui doute dans sa tête se retourne. Les buissons bougent.

– Vues, crie Sophie.

Elvire et Clémi sortent en se tenant le ventre de rire.

– Pourquoi vous me suivez ? demande Sophie.

– On ne te suit pas, on t'a donné rendez-vous ici, s'esclaffe Elvire.

– Comment ça, rendez-vous ? balbutie Celle qui commence à comprendre dans sa tête.

– T'as pas pigé ? fait Elvire. C'était une blague.

– Une blague, répète Sophie. Pourquoi Aubin voudrait me faire une blague ?

– T'es idiote ou quoi ? dit Elvire. Il n'en sait rien, Aubin, il est pas au courant. C'est moi qui t'ai filé ce rendez-vous.

– Pourquoi ? demande Celle qui pleure dans sa tête.

– Comme ça, dit Elvire, pour rigoler.

– Ah, dit Sophie, tu trouves ça drôle ?

– Ben... bafouille Elvire, gênée.

– Parce que, tu vois, je vais arriver en retard chez moi et avec le bulletin qu'elle a dû recevoir, je te dis pas comme elle va être contente ma mère. C'était peut-être pas la peine d'en rajouter ce soir.

– Je suis désolée, dit Elvire.

Et elle l'est sincèrement. Sur le moment, elle a trouvé cocasse de nourrir la crédulité de Sophie. Elle ne pensait pas que cette petite sotte prendrait ça au sérieux. C'était tellement énorme. Sophie devrait se regarder. Ce n'est pas réaliste de nourrir des espoirs pareils. Celle qui se méprise dans sa tête hausse les épaules, ramasse son cartable. Elle n'est pas loin de penser la même chose qu'Elvire. Une petite dinde, voilà ce qu'elle est. Aubin n'est sans doute pas plus capable qu'elle d'identifier le buste de Verlaine au premier coup d'œil.

Celle qui n'est qu'une bactérie attend derrière la porte comme une furie.

– Tu as vu l'heure ? Où étais-tu ?

– Bonsoir, répond Celle qui hurle dans sa tête.

– Je voudrais que tu me répondes quand je te pose des questions !

Sophie pourrait raconter qu'elle est responsable des cahiers de présence, que le dernier prof les a lâchés en retard, qu'elle a dû attendre derrière la porte fermée du conseiller d'éducation qu'il revienne pour y déposer les cahiers. Ce serait parfaitement plausible. Sa mère serait presque obligée de s'excuser pour cet accueil. Mais elle préfère se taire, écouter sa mère vociférer ses reproches. Le bulletin est arrivé. Pourquoi n'écoute-t-elle rien en classe ? A-t-elle quelque chose à cacher ? Hélas non, pense Sophie, qui ne le dit pas et prend un air de cachottière.

Celle qui n'est qu'une bactérie se fâche tout rouge.

– Tu vas voir ton père. Il sera là de bonne heure, je l'ai appelé. Il va t'en parler, de ton bulletin.

Sophie est presque touchée. Ainsi, elle serait capable de déplacer son père, de le faire rentrer à une heure correcte. C'est donc si important de lui crier dessus, plus que de dîner en face de la bactérie. Elle demande à voir. Si c'est le cas, elle aura gagné au moins ça : devancer sa mère dans les priorités de son père.

– Alors, insiste la bactérie, avec qui tu traînais ?

– Tu connais pas, soupire Sophie en se dirigeant vers sa chambre.

Ce qui achève de déchaîner l'ire maternelle.

– Si tu traînes avec des voyous, ça va aller mal.

– Mais non, il n'y a pas de voyous dans ma classe, finit par lâcher Sophie.

– Alors qui ? Elvire ?

– Non.

– Un garçon ?

Celle qui hurle dans sa tête ne répond pas. Oui, pense-t-elle, un garçon, Aubin, qui m'a donné rendez-vous.

– C'est qui ce garçon ?

– Tu connais pas, je te dis...

– C'est tout ce que tu trouves à répondre ? Ma fille de treize ans traîne avec un garçon et il faudrait que je me contente de « tu connais pas » ! Attends un peu ton père !

Celui qui délaisse le foyer arrive finalement pour sept heures, ce qui représente un exploit. Sophie entend sa mère crier :

– J'ai compris pourquoi son bulletin est catastrophique, mademoiselle fréquente un garçon !

Sophie, assise par terre dans sa chambre, s'en délecte. Ainsi, il existe des gens qui peuvent imaginer qu'elle sort avec un garçon. C'est sûrement la meilleure nouvelle de la journée. Sa relation avec Aubin existe aux yeux de ses parents. Et s'il suffisait d'y croire pour que les autres entrent dans le jeu. Maintenant, Celle qui jubile dans sa tête va se prendre la punition du siècle, mais elle s'en moque, ça valait la peine.

Personne ne souffre autant qu'Aubin

Sa mère l'aurait voulu fille. Durant les mois de gestation, il fut pour elle Aurore, princesse belle comme le jour, à l'avenir radieux. A la naissance, lorsqu'on le posa sur le ventre douloureux, il dut sentir le désappointement maternel car l'histoire raconte qu'il se recroquevilla sans crier. Il fut baptisé Aubin (c'étaient les débuts des tolérances municipales sur la question des prénoms), ce qui était une manière de le maintenir ferme dans le rêve de conte de fées.

Quatorze ans plus tard, Aubin est devenu plus beau qu'une princesse. Ses traits sont fins, sa peau blanche, ses cils longs sur des yeux bleu piscine, ses cheveux blonds, ondulés, presque longs. Il est grand, mince et gracieux. Sa mère est sans regret. Aubin est d'une prévenance douce et féminine, il ne se plaint jamais, participe à toute tâche ménagère, et n'entraîne dans sa chambre aucun(e) ado de mauvaise facture. D'ailleurs, on ne lui connaît pas d'ami(e) proche.

Il traverse sa scolarité avec élégance, attirant sur lui les regards de dizaines de filles énamourées, et les compliments des professeurs satisfaits de sa réserve. Aubin est un exemple pour tous, Aubin sera le gendre idéal. Aubin a un père célèbre (écrivain officiel, de tous les plateaux de télévision, caution intellectuelle des médias, expert en sexualité féminine), mais il reste modeste. Et même, il n'en parle jamais bien qu'il porte son nom. Ses parents sont séparés depuis plus de dix ans, il a pour sa mère des attentions d'amant et pour son père le respect qui s'impose.

Aubin a froid. Il s'effraie du vide qui l'habite. Il voudrait aimer. Les petits mots qu'il trouve dans son cartable, dans ses poches, sur son bureau, qui lui clament admiration, amour et dévouement, lui font mal. Pourquoi lui seul est-il incapable de ressentir des sentiments ? Ou, sans aller jusque-là, simplement du désir ? Pourquoi est-il si peu humain ? Aubin souffre de ne pas aimer, et il est trop jeune pour savoir qu'aimer le ferait souffrir davantage.

Durant les intercours, Aubin se pose nonchalamment contre une des colonnes qui bordent le préau à la façon d'un péristyle. Ainsi, tout en embrassant la cour d'un seul coup d'œil, il se sent à moitié caché. Rien ne lui échappe, ni les chagrins des filles, ni les petites bagarres des garçons, ni les trafics interdits auxquels se livrent les plus âgés des troisièmes auprès de ceux du lycée dont la cour jouxte celle-ci. Aubin n'est pas attiré par les substances illicites. Son père boit et fume beaucoup (du tabac, du haschich, de l'opium sans doute), sa mère tente désespérément d'arrêter de fumer depuis des années sans jamais y parvenir tout à fait. Aubin pense à l'aliénation de ces garçons qui seront bientôt enchaînés à leur drogue. Il n'est pas tenté. Pourtant, c'est en suivant du regard ces échanges coupables qu'il va sentir naître sa première émotion amoureuse.

Il s'appelle Fred (plus certainement diminutif de Frédéric que d'Alfred). Il est brun, grand, costaud, désinvolte. Visiblement chef de ce réseau, il fournit la marchandise et récolte l'argent. Il est majeur, redouble sa terminale. Il est ce que n'est pas Aubin, à l'aise, autoritaire, joyeux et libre. Aubin voit que ce type n'est pas dupe du poison qu'il sème autour de lui, il ne consomme pas ce qu'il vend. Ses joues sont savamment mal rasées, alors que celles d'Aubin sont terriblement lisses. Etre l'ami d'un gars comme celui-là, c'est l'assurance de faire tomber les peurs, de prendre du galon dans l'existence.

De jour en jour Aubin se rapproche du lycée. Il aime jusqu'à l'odeur du parfum qu'exhale son idole, maintenant qu'il est suffisamment près pour le humer. Une eau de toilette citronnée et poivrée, assez chic sans doute. Le dealer vient d'un milieu bourgeois, c'est pourquoi il peut avancer les mises pour acquérir les stocks. Il porte une veste en cuir de prix et un jean qui le moule contrairement à ce que voudrait la mode du moment (pantalons baggy dont la taille descend au milieu des fesses et la fermeture centrale presque au niveau des genoux). C'est peut-être cette originalité qui a d'abord séduit Aubin. Il ne peut se détacher de la contemplation de ce corps, à la fois souple et puissant. Il se sent lui-même si emprunté, maniéré, décalé par rapport à cette époque.

Aubin rougit dès que Fred tourne vers lui (ce qui arrive de plus en plus souvent) un regard interrogateur. Il va falloir trouver une raison valable à cet espionnage. Ce dealer est la discrétion même (il ne demandera pas d'explication dans l'enceinte du lycée). Si Aubin n'avait pas été aussi attiré par le physique de ce garçon, l'ensemble du trafic lui aurait échappé. Il se doute qu'en traînant devant le bâtiment à la sortie des cours, Fred finira par l'aborder. Il en a envie autant qu'il le redoute. Cette passion subite n'est pas avouable. Fred a une copine (une blonde qui a l'air d'une femme). Aubin comprend le sens du mot « torture » : le mélange d'une vaine attente, mêlée de honte et de culpabilité. Pourquoi faut-il que son premier émoi soit si mal dirigé ? N'importe laquelle de ces filles qui lui tournent autour aurait fait l'affaire. Comment peut-il dissimuler son trouble ? Surtout que personne ne devine jamais ce qu'il imagine le soir dans son lit. Il repense à ce présentateur de télé, un jour (il n'avait que dix ans) où son père l'avait traîné sur un plateau et qui, lui prenant le menton entre les mains, dit à la cantonade : « Quel petit ange, il est beau comme une fille, cet enfant ! »

Aubin entend encore son père vociférer : « Non, mais c'est qu'il voudrait traiter mon fils de pédé ! »

Forcément, il fallait en passer par une confrontation. Aubin traîne seul devant le collège, il fait mine de réviser une leçon, concentré, hors du monde. Il sent la main de son dieu se poser sur son épaule, ce geste le fait trembler.

– Tu veux une cigarette ?

La voix de Fred s'adresse à lui pour la première fois. Aubin, muet, fait non de la tête.

– Autre chose ?

Hélas oui, s'il savait...

– Tu veux venir fumer avec moi ?

N'importe quoi pourvu que ce soit auprès de lui. Aubin fait oui de la tête.

– Alors discret. Suis-moi.

Aubin a l'impression que le moment le plus important de sa vie est arrivé. Fini la culpabilité. Traverse la rivière, tu songeras plus tard à la manière de te sécher. Mais Aubin est honnête. Il n'a pas l'intention d'acheter de la drogue. Mieux vaudrait prévenir. En marchant, il bafouille :

– Je ne sais pas...

– Tu verras bien. C'est pas parce que tu fumes une fois que tu tombes du mauvais côté. Tu as peur ?

Aubin secoue la tête. Non, il n'a pas peur, plutôt de ce qui pourrait suivre.

– J'ai une cave d'enfer, mes parents n'y vont jamais. Je l'ai aménagée pour moi. On y sera tranquilles.

Seul dans une cave avec lui, Aubin sourit. Avec minutie, Fred lui montre comment préparer un pétard, le shit mélangé au tabac, les trois papiers à cigarettes, le ticket de métro pour le filtre. Aubin remarque que les mains du rouleur, pour être fortes, n'en sont pas moins précises, presque délicates.

– Tiens, allume-le toi-même, dit Fred.

Aubin se félicite d'avoir autant joué avec les briquets et les allumettes de ses parents. Il n'a pas l'air d'un bleu. Pourtant la première bouffée lui arrache un râle de suffocation.

– C'est la première fois ? demande Fred.

Aubin fait oui de la tête. Il n'a pas intérêt à mentir. Son inexpérience se voit. Il faut qu'il pose les jalons pour l'avenir, alors il dit :

– C'est sympa, mais j'ai pas d'argent. Mes parents me donnent rien. Je pourrais jamais te payer.

Fred le jauge d'un œil grave. Aubin se replie sur lui-même.

– Je suis désolé, j'ai voulu te le dire mais j'avais trop envie d'essayer.

– Au moins, t'es franc, dit Fred dont le visage s'égaie d'un demi-sourire. On peut peut-être s'arranger.

– Ah oui ? fait Aubin, plein d'espoir.

– Ouais, faut voir. T'as l'air coopératif. J'ai peut-être une proposition.

– Dis toujours...

– J'ai une copine très sympa, mais elle suce pas. Si tu me tailles une pipe, je te file deux barrettes.

– D'accord, dit Aubin qui s'efforce de ne pas rougir.

– Tu vois qu'on s'arrange. Tu l'as déjà fait ?

– Non.

– Deux barrettes, c'est bien payé, je te le jure.

– Tope là, je te retrouve ici demain à cinq heures, dit Aubin qui n'en revient pas lui-même de son assurance.

– Ça marche, j'aurai la marchandise.

Dans sa chambre, Aubin a l'impression d'être passé de l'autre côté de l'écran. Il ne dirige plus sa vie. C'est comme s'il était entré dans le film. Il pense au jean moulant de Fred.

Aubin arrive le premier, la cave est fermée à clef. Il fait noir. Et si Fred s'était moqué de lui, s'il n'avait pas l'intention d'échanger la marchandise contre une faveur d'Aubin ? Des pas se font entendre. Aubin se réfugie dans un coin. C'est Fred, il a une lampe de poche.

– Alors, tu veux toujours ?

Aubin fait oui.

– T'es pas bavard, c'est aussi bien. Entre.

Aubin suit Fred qui allume la lumière. Il sort de sa poche un rectangle de papier alu.

– Tiens, la came est dedans, vérifie si tu veux.

– Ça va, j'ai confiance, dit Aubin.

Fred s'adosse contre un mur, sa veste tirée sur les côtés. Aubin ne peut détacher ses yeux de l'entrejambe moulé dans le jean. Lentement, Fred défait sa ceinture, ses boutons. D'un même geste sûr, il baisse son pantalon et son caleçon. Son sexe jaillit, déjà gonflé. Aubin, livide, approche son visage du membre dressé. Il meurt d'envie de le caresser, de glisser ses doigts dans le caleçon, d'en ressortir les couilles comme deux friandises qu'il déposerait délicatement dans sa bouche. Mais il n'est pas payé pour avoir des gestes d'amante, seulement pour sucer. Alors il prend la base du membre tendu entre son pouce et son majeur droits, et il introduit sans attendre le gland au fond de sa bouche. Le gémissement qui s'échappe instantanément de la gorge de Fred comble Aubin de joie. Il promène sa langue le long de la tige comme s'il avait fait ça toute sa vie. L'autre, jambes écartées, a rejeté sa tête en arrière contre le mur, ses mains s'accrochent aux pierres apparentes pour ne pas, dans un geste d'égarement, se perdre dans la chevelure dorée qui se balance entre ses jambes. Il geint :

– Je vais jouir...

– C'est le but, non ? assène Aubin, avec une autorité nouvelle.

Puis il replace le sexe de Fred dans sa bouche.

Le sperme éclabousse les lèvres d'Aubin. Ils demeurent ainsi quelques secondes, tous les deux bouleversés. Réalisant que le sexe conquérant ne tardera pas à retomber entre ses doigts, et que, de cette déconfiture, Fred pourrait lui tenir rigueur, Aubin se détourne avec pudeur (il en profite pour passer la langue sur ses lèvres afin de ne rien perdre de la substance qui coule de sa bouche).

– Pour une première fois, tu te débrouilles, fanfaronne le jeune homme qui a retrouvé ses esprits.

– Alors, ça vaut la marchandise ?

– Ça vaut. T'en auras d'autre si tu veux.

– OK, dit Aubin, la semaine prochaine.

Pas mal, cette maîtrise, pense Aubin. Surtout, ne pas avoir l'air pressé de recommencer.

Les deux garçons sortent sans rien ajouter. D'autres mots seraient inutiles. Ils se séparent dans le hall de l'immeuble. Sur le chemin du retour, Aubin jette le paquet dans une poubelle après avoir vérifié que la marchandise était conforme au marché conclu.

Ainsi, deux fois par semaine, Aubin vend sa bouche contre deux barrettes de haschich. Il n'a plus peur d'y mettre les doigts. Il connaît par cœur les faiblesses du dealer. Il sait qu'en le caressant à la base des testicules, il lui arrache un râle de plaisir qui le remplit lui-même de ravissement. Un jour il demande :

– Et de la coke, tu peux en avoir ?

– Je peux avoir de tout, fanfaronne le petit voyou de la bonne société.

– C'est quoi le tarif ?

– Trois pipes pour une dose.

– D'accord, dit Aubin, déçu, car il a plus d'imagination que Fred (ce qu'il ne sait pas c'est que l'autre y a pris goût et éprouve le besoin d'être sucé tous les jours).

Aubin ne fait pas davantage usage de la cocaïne. Tout finit dans l'une ou l'autre des poubelles qui se dressent entre l'immeuble de Fred et le sien.

Un jour, Aubin surprend son idole à entraîner un gamin vers *leur* cave (Aubin estime avoir droit à cette possessivité). Il comprend. Sa souffrance dépasse alors le niveau précédent (celui d'avant la première pipe). C'est un mélange de jalousie et d'impuissance.

Il propose crûment (le romantisme ne peut pas marcher avec Fred) : « Contre une piqûre d'héroïne, je te laisse mon cul. » Fred rigole. Puis il dit : « Pourquoi pas ? j'ai jamais essayé, et puis c'est pas moi qui aurai mal. » Aubin lui donne rendez-vous un samedi en fin d'après-midi, pour avoir le temps. Il lui demande d'apporter des coussins et des couvertures. L'autre accepte.

– Enlève ton jean, demande Aubin, je n'ai pas envie de sentir ta ceinture dans mon dos.

Fred obéit. Aubin se déshabille lentement, mais entièrement. Fred est surpris, troublé, mais il ne dit rien. Il bande. Le corps d'Aubin est fin, musclé, ses fesses sont bombées. Il remarque qu'elles sont dures lorsqu'il pose ses mains dessus. Aubin s'agenouille sur les coussins. Fred se place derrière lui. Il a enduit son sexe de vaseline ainsi que ses doigts qu'il introduit entre les fesses d'Aubin qui se cambre. Fred commence à avoir peur de son désir. Une de ses mains s'attarde sur les reins du garçon et machinalement lui caresse la taille, le ventre. Au contact du sexe dur d'Aubin, la main de Fred se retire, comme gênée du plaisir qu'elle pourrait donner. De son autre main, Fred fait pénétrer doucement son sexe entre les fesses blanches et douces. Aubin ne sent presque pas la douleur, il ne pense qu'au bonheur d'être dans les bras de celui qu'il aime, de percevoir les reliefs de son ventre contre le bas de son dos. Fred s'enhardit. Il laisse errer sa main entre les jambes d'Aubin dont la respiration s'accélère. A présent, Fred est complètement excité par le plaisir d'Aubin. Il a envie de le faire jouir. Il se retient pour lui en laisser le temps. Et lorsqu'il sent entre ses doigts la semence d'Aubin, il s'abandonne à son tour. Alors Aubin se retourne. Ils sont nus dans les bras l'un de l'autre. Leurs visages se rapprochent, leurs lèvres se joignent, leurs langues se reconnaissent. Mais soudain, Fred se redresse :

– Tu me prends pour un pédé ou quoi ?

Aubin reste interdit. L'autre est déjà debout, qui s'habille à la hâte. Il sort une boîte oblongue de sa poche.

– Tiens, ta piqûre d'héro. Je suis bon. T'en as une double dose. T'as compris ? C'est pour deux fois. Mais n'y reviens plus. C'est la première et la dernière fois que je vends cette saloperie à un gamin de quatrième. Et pour le reste, pareil. Maintenant, je veux du fric, du vrai. Ça suffit, les touche-pipi. Allez, dégage.

Aubin comprend ce que cette relation a d'inacceptable aux yeux de Fred. Il ne sert à rien de discuter. Il se contente de penser qu'au moins, il aura vécu ça une fois dans sa vie.

Il fait déjà nuit lorsqu'il se retrouve seul dans la rue. Il sait ce que l'expérience de ce soir a d'irréversible. Toute sa vie, il devra entendre son père hurler : « Quoi, mon fils un pédé ? », il devra affronter ces garçons honteux qui le rejetteront pour oublier leur plaisir.

Découragé, Aubin s'assoit sur un banc. Il sort la seringue. Lui aussi, pour l'instant, voudrait oublier. Ce doit être pour ça que les gens se droguent. Pour moins souffrir. Il remonte sa manche, il entre l'aiguille sous sa peau et appuie sur le piston comme il l'a vu faire dans des films. Le liquide qui coule dans ses veines le soulagera, comme il en a soulagé d'autres avant lui.

Tout est blanc. Quand il ouvre les yeux, il voit des aiguilles plantées partout dans ses bras, des tuyaux. Je délire, pense Aubin. Le visage de sa mère en larmes le sort de sa torpeur. Merde, pense-t-il encore. Il entend quelqu'un parler de coma et son père rugir : « Si je prends le pédé qui a violé mon fils, je lui écrase la tête contre le bitume. » Et remerde, se dit Aubin.

– Mon chéri, répète sa mère en lui caressant le visage (et en dégoulinant sur son front).

– Il va être temps qu'il parle, dit la voix du père, en colère.

– Laissez-le reprendre ses esprits, dit un médecin, il sera toujours temps de l'interroger plus tard. Il n'a pas forcément vu son agresseur. Il a pu être drogué tout de suite. Il n'a peut-être aucun souvenir.

Aubin pourrait se venger de ce mal d'amour qu'il subit depuis des semaines, de ce mépris avec lequel Fred l'a rejeté. Mais il n'en fera rien. Il ne contestera pas leur version, l'attaque, la drogue, le viol. Et il suivra les conseils du médecin : il ne gardera officiellement aucun souvenir de cette nuit-là.

La plus belle du monde

Il secoue sa bouille maculée de chocolat. Les deux assistantes maternelles rient. L'une dit :

– Il est vraiment adorable, ce gamin.

– Quel dommage qu'il s'en aille...

– Oh, c'est juste la salle à côté !

Il sait qu'il doit rejoindre les grands. Il aura deux ans la semaine prochaine. Sa maman lui a dit qu'il lui faudrait être propre cette année. Il ne demande pas mieux que de lui faire plaisir. Elle est si douce, si gentille, si jolie. La plus belle du monde, quoi. Il aime bien aussi les filles de la crèche, mais ce n'est pas pareil. Elles sont toujours à le prendre dans les bras, lui faire des baisers mouillés. Il se tortille pour leur échapper. Ce n'est pas désagréable, seulement envahissant. Elles n'ont que le tort de n'être pas sa mère. Toute la journée, il attend le soir ; ses bras à elle, ses lèvres à elle, ses cheveux blonds comme les siens, sa peau blanche comme la sienne qui font s'exclamer les visiteurs :

– Comme il vous ressemble ce petit ! Comment s'appelle-t-il ?

– Théodore.

Les personnes les plus lointaines ajoutent :

– C'est votre fils ou votre petit frère ?

Aline rougit de plaisir, elle prend un air enfantin que Théodore exècre et minaude :

– Tout de même...

Et les gens semblent contents de lui avoir offert ce plaisir facile. De temps en temps, son père vient le chercher. Alors il doit quitter sa chère maman pour toute une nuit. Ces soirs-là, il n'arrive pas à s'endormir. Et si elle s'en allait pour de bon ? S'il devait ne pas la revoir ? Alors il hurle de terreur. Son père a compris : il le laisse dormir avec lui dans le grand lit. Ainsi, Théodore s'apaise. Maintenant, son père n'essaie même plus de le coucher dans son petit lit à barreaux. Théodore ne se dit pas qu'il a gagné, il n'est ni fier ni content, juste moins triste. Il se sent en sécurité, même plus qu'avec sa mère qui a toujours l'air si fragile, dont les réactions sont si imprévisibles. Et pourtant, c'est avec elle qu'il voudrait être toujours.

Vers six heures, une jeune fille vient le chercher. Les dames de la crèche lui racontent des petits événements de la journée que la baby-sitter écoute d'une oreille distraite car, de toute façon, la mère ne lui demande jamais de détail. Théodore est déjà bien fatigué, il lutte contre le sommeil dans sa poussette, et généralement il perd. Il se réveille en sursaut au moment où la jeune fille le plonge dans une eau trop chaude ou trop froide, jamais à la température réglementaire. Il pleure un peu pour la forme. Elle soupire en le savonnant.

– Théodore, ne fais pas de bulles, tes cheveux vont être trempés.

Elle le sort en le secouant pour faire retomber le surplus de gouttes dans la baignoire. Il geint doucement.

– Mais oui, je vais le faire ce dîner, grogne la baby-sitter.

Ce n'est pas ce qu'il voulait dire. Il n'a pas si faim. A la crèche, on lui donne un bon grand goûter dont il se ressert plusieurs fois en prévision du soir. Car il sait ce qui l'attend : un de ces petits pots poulet-haricots verts ou bœuf-épinards au goût de conserve, souvent brûlant sur les bords et glacé à l'intérieur. Il espère toujours que sa mère surviendra avant qu'il ne commence son plat en disant « Stop, ce soir c'est moi qui cuisine », en pure perte. Il cale au bout de deux bouchées et la jeune fille a beau le traiter de tous les noms, il reste inflexible. Elle jette le contenu du pot au fond de la poubelle et le pot vide sur le dessus, histoire de faire croire que... puis elle sort du réfrigérateur les petits-suisses ou les compotes du dessert qu'il avale volontiers. Ses yeux se ferment. La jeune fille renonce à lui laver les dents. Elle le porte jusqu'à son lit.

Il refuse de s'endormir. Il doit attendre que sa maman rentre, il a besoin de son baiser, mais la lutte est inégale. Sa journée de jeux collectifs, de cris, d'animation, de mauvaise sieste dans le brouhaha des bébés qui cherchent leurs doudous, l'a épuisé. Contre sa volonté, il sombre dans l'épaisseur de la nuit. Il ne l'entendra pas rentrer, demander d'un ton las à la jeune fille : « Alors, tout va bien ? », sans même écouter la réponse. Il ne la verra pas se verser un verre de whisky, allumer une cigarette, puis une autre, encore une, et s'endormir tout habillée sur le canapé. Il ne perçoit rien des bruits de lavabo lorsque vers trois ou quatre heures, elle se relève pour faire sa toilette et se coucher.

Lorsqu'elle entre dans sa chambre le matin, il est souvent réveillé, il lui sourit mais elle ne le voit pas. La sonnerie du réveil l'a assommée. Elle l'attrape par-dessus les barreaux, lui change sa couche mécaniquement, l'habille, sans dire un mot. Il profite qu'elle le reprend dans ses bras pour se serrer très fort contre elle. Elle l'embrasse alors dans le cou. Il remue, ça le chatouille, il adore ça, il rit. Elle l'embrasse encore et il sait que sa journée sera pleine de soleil. Pourtant il est tard déjà, c'est elle qui le dit, ils n'ont pas le temps de prendre de petit déjeuner. Elle lui prépare rapidement un biberon de chocolat, il le boira dans la poussette. Le meilleur moment est passé.

Maintenant elle va le déposer à la crèche, lui adresser un au revoir de la main. Et puis à ce soir, du moins l'espérera-t-il.

Lorsque plusieurs jours semblables se sont écoulés, arrive un matin pas comme les autres. Il attend longtemps dans son lit qu'elle vienne le chercher. Il ne pleure jamais ou alors pas fort car il sait qu'elle se met très en colère quand il crie. Mais ça lui arrive d'avoir très faim, d'être malheureux, mouillé, seul, abandonné, désespéré. Heureusement, elle finit par le lever, elle a meilleure mine que d'habitude. Elle dit qu'elle va faire du café et du pain grillé, que c'est la meilleure odeur du monde et Théodore est d'accord, c'est l'odeur des matins calmes, ceux où la séparation n'est pas en vue. Il la regarde se mouvoir dans la cuisine. Il n'a conscience ni de sa jeunesse ni de sa beauté, mais il sait avec certitude qu'elle est le centre du monde. Il va pouvoir profiter d'elle, de sa présence, de son sourire, de ses câlins. Comme il a attendu ce moment ! Il s'en délecte. Lorsqu'elle quitte la cuisine, son bol de café à la main, pour s'allonger sur le canapé, il la suit en trottinant. Enfin, elle a l'air confortablement installée. Théodore s'approche. Ses petites mains s'agrippent au bras de sa mère, il tente vainement de se soulever. Alors elle le repousse, pas méchamment non, mais fermement en suppliant :

– Oh, non, Théodore, va jouer. J'ai attendu ce moment toute la semaine, ne me le gâche pas, s'il te plaît.

Jour de chance

Depuis qu'elle est caissière dans le Monoprix d'une rue chic de la Rive gauche à Paris, Isa trouve la vie drôlement plus excitante qu'avant. Evidemment, le trajet est assez long et l'oblige à se lever plus tôt que lorsqu'elle travaillait à la supérette du bout de sa rue, entre Arcueil et Bagneux. Au moins, la clientèle est de premier choix. Elle a déjà vu passer sous son nez l'actrice Séraphine Clérambaut, le chanteur du groupe TaKara, la présentatrice de la météo sur une des chaînes publiques (impossible de se souvenir de laquelle) et pas mal de beau linge. Franchement, ça valait le déplacement.

C'est aussi grâce à ce nouveau poste qu'Isa a revu Manu (diminutif d'Emmanuelle), la fille dont elle fut la confidente au collège et lors de leur première année de lycée. Ensuite leurs chemins se sont séparés. Les parents de Manu ont divorcé, sa mère s'est remariée avec un homme aux revenus supérieurs à ceux de son précédent conjoint et l'amie s'en était allée vivre du côté de Saint-Germain-en-Laye. Elles sont restées en lien quelques mois, puis ont renoncé. Isa préparait un bac professionnel de comptabilité qu'elle n'obtiendrait pas, tandis que Manu parvenait à effacer sa mauvaise scolarité en décrochant ric-rac un bac L, grâce aux nombreux cours particuliers et aux stages de langues que son nouveau beau-père lui offrait lors de son année de terminale.

Isa n'a jamais beaucoup circulé en dehors de Bagneux et d'Arcueil, boulevard périphérique, et bâtiments en préfabriqué, barres de logements pas chers, petites languettes de pelouse râpées au milieu du bitume ; c'est pourquoi elle apprécie sa nouvelle affectation, proche du jardin du Luxembourg. Ses retrouvailles avec Manu sont un peu mouvementées car il est dix-neuf heures, le moment où les gens ne plaisantent pas avec leurs courses. Quand ils arrivent en caisse, ils ont déjà une bonne vingtaine de minutes d'attente dans les jambes (sans compter les embouteillages de chariots dans les travées), une rude journée de travail derrière eux, avec son cortège de mots durs, de soupe à la grimace, de fesses serrées et de sueurs froides. C'est pourquoi tout grain de sable grippant la machine est ressenti comme une agression, une insulte personnelle. Isa essaie toujours de faire au mieux. Elle passe les produits le plus vite qu'elle peut, encaisse les clients avec adresse, le tout en souriant (bien qu'elle-même ait également derrière elle une rude journée de travail). Elle ne relève la tête qu'au moment de tendre le ticket de caisse, en disant : « Merci madame, au revoir madame » (ou monsieur, ce n'était qu'un exemple, sans intention de sexisme).

Ce soir-là donc, elle relève la tête : « Merci mad... » et elle s'arrête net. L'autre la dévisage avec perplexité.

– Manu ? fait Isa.

– Ça alors ? réplique l'autre. Isa ?

– Qu'est-ce que tu fais là ?

– Mes courses, j'habite à côté (début du dialogue qu'elles auraient pu s'épargner, tant les informations fournies allaient de soi), et toi ?

– Caissière. J'habite toujours au même endroit.

– Et tes parents ?

– Mon père est mort, j'habite chez ma mère, mon frère est parti dans le Sud.

– Ohé, s'écrie quelqu'un dans la file d'attente, ça vient ?

– Y a pas le feu ! dit Manu avec désinvolture.

– Comment ça ! hurle une dame, trois personnes plus loin. J'ai un gamin qui m'attend à la maison !

– C'est vrai, dit le voisin, ça fait des heures de baby-sitting en plus.

– Eh bien changez de caisse, leur balance Manu.

– Ça va, dit Isa, faut que j'avance, sinon je vais avoir des ennuis.

Et elle se saisit du client suivant qui maugrée :

– Eh bien, c'est pas trop tôt...

Manu se plante sur le côté.

– Tu finis à quelle heure ?

– Vingt-deux heures.

– Comment !

– C'est la nocturne, ce soir. Les autres jours, c'est vingt et une heures.

– Eh bien, on ne chôme pas dans ce métier ! Tiens, je te laisse mon adresse, c'est juste à côté, passe après.

– Je viendrai, mais pas ce soir, je n'aime pas prendre le RER trop tard. Demain.

– Non, demain j'ai un cocktail, après-demain.

– Dites, mademoiselle, je vous ai donné un billet de vingt, vous me rendez la monnaie sur dix, remarque sèchement la dame qui a un enfant qui l'attend à la maison.

– Excusez-moi, bafouille Isa.

– Votre attitude est scandaleuse, mademoiselle, je me plaindrai !

Isa baisse la tête.

– T'inquiète, dit Manu, je pourrai toujours te trouver un autre boulot. Alors tu passes me voir après-demain ?

– OK.

Les clients se remettent à défiler au rythme habituel, mais Isa n'a plus trop la tête à ça. Elle se demande ce que Manu peut faire comme métier pour avoir l'air si assurée et paraître si branchée. Elle portait un jean gris, avec de grandes taches d'eau de Javel, une ceinture à chaîne, un petit top en Lycra fuchsia, un blouson de cuir noir. Ses cheveux plus blonds qu'avant se dressaient sur sa tête avec des reflets roses derrière les oreilles. Ses yeux verts étaient merveilleusement mis en valeur par un maquillage turquoise et pêche. Isa se sent boudinée sous sa blouse. Ses cheveux lui paraissent brusquement collés à sa tête, gras et pelliculés ; ses mains ringardes, années soixante-dix. Ses ongles rouges jurent, comparés à ceux de Manu, couverts d'un vernis doré qui brille.

Le surlendemain, elle s'est équipée comme pour une sortie du samedi soir en boîte sur les Champs-Elysées (ce genre de virée les tentait de temps en temps, elle et ses copains de la cité). Elle porte un jean noir avec un tee-shirt argenté, agrémenté de paillettes. Elle a mis son faux solitaire et un bracelet imitation émeraude. Elle s'est lavé et séché soigneusement les cheveux le matin, les a certis d'un diadème brillant. Elle a troqué son vernis rouge contre un prune, acheté au premier étage de son Monoprix. Elle se sent belle et fraîche. Dans le métro, tandis qu'elle lit son magazine people, elle a presque l'impression d'être quelqu'un. Les amours des uns, les ruptures des autres, la vie commune tumultueuse de deux de ses acteurs préférés : Gérard D. et Careen B., lesquels forment une image du couple idéal, à la fois beau, brutal, glorieux, conquérant. Tout ce qui représente un idéal pour une fille dont l'univers amoureux se résume à quelques garçons rencontrés en boîte ou bien un ou deux copains de son frère, plus soucieux de satisfaire leurs pulsions que de se projeter dans un avenir hypothéqué par un contexte économique et social désastreux.

La journée s'écoule lentement. Les clients ne sont plus si sympathiques. Ils sont impatients, parfois grossiers. Isa ne s'en était jamais rendu compte auparavant. Lorsque arrive l'heure de la fermeture, elle se sent vidée, énervée, au bord des larmes. Elle passe se remaquiller aux toilettes, a la main un peu lourde sur le bleu à paupières (lequel jure avec ses yeux marron). Elle s'en veut de ne pas posséder cette décontraction qui distingue les êtres bien nés (ou bien récupérés) des autres. Elle n'est plus si sûre de vouloir connaître l'appartement de Manu, sa vie désormais si éloignée de la sienne. Elle se dit que Manu doit l'attendre, qu'elle a peut-être préparé quelque chose de spécial, qu'il serait incorrect de lui faire faux bond.

L'immeuble de Manu est ancien. L'entrée donne sur une cour pavée. Les escaliers en pierre sont larges et gondolés par le temps. La peinture s'écaille. Ça rassure Isa pour qui le comble du beau c'est le neuf, le rutilant, le clinquant. Au moment de sonner, elle a repris confiance en elle. Manu vient ouvrir, très maquillée, coiffée impeccablement.

– Ah, Isa, s'étonne-t-elle, tu as de la chance que je sois là. J'allais partir.

– Tu m'avais dit… enfin j'avais cru…

– Oh, ne t'inquiète pas, tu as eu raison de venir, je suis très contente de te voir. Je peux sortir plus tard, il n'y a pas d'urgence. Je suis censée rejoindre des potes qui fêtent la sortie d'un film. De toute façon, j'ai déjà raté la projection, j'avais trop de boulot. Pour la fête, pas de problème, la soirée va durer très tard.

– Qu'est-ce que tu fais comme métier ? demande Isa en entrant avec précaution.

– Attachée de presse de cinéma.

– Génial ! s'exclame Isa avec des yeux écarquillés. Tu dois connaître plein de stars.

– Pas mal, fait Manu en se tortillant (elle fait mine de vouloir attraper quelque chose). Tu veux boire un verre ?

– Je ne voudrais pas te déranger.

– Pas du tout. Whisky ? Rhum ?

– Oui, comme toi.

– Moi non, rien, vu la soirée que je vais avoir ce serait too much !

– Ah… bon… je veux bien un verre d'eau. L'air est très sec à Monoprix, j'ai tout le temps soif.

Le téléphone sonne. Manu décroche. Isa entend :

– Salut, Chris !

– …

– Ah, t'es sûr ? Je croyais qu'il repartait dès ce soir. Il passe la nuit où ?

– ...

– Non, c'est plutôt une bonne nouvelle, mais bon, va falloir manœuvrer.

– ...

– Oui, je t'embrasse, à tout à l'heure.

Manu reste un instant songeuse, combiné à la main. Elle le repose, se tourne vers Isa.

– La projo vient juste de se terminer. C'était ma copine Chris, l'attachée de presse du film de ce soir. Très sympa. Faudrait que je te la présente.

– Ben, oui, pourquoi pas ! bafouille Isa qui a un peu l'impression d'avancer sans lampe de poche dans une pièce toute noire.

– Tu fais quoi ce soir ?

– Euhh, rien...

– Ça te dirait de venir avec moi ?

– Oh, génial !

– D'accord. Tu verras plein de gens sympa, toute l'équipe technique, les acteurs, des potes de la prod.

– Ah...

– Emmanuelle B., Gérard D., Virginie L., très sympa...

– Gérard D., j'adore, c'est mon acteur préféré.

Isa songe soudain, assez mal à l'aise, qu'elle a encore le magazine-poubelle dans son sac. Il va falloir qu'elle s'en sépare discrètement et rapidement.

– C'est parfait, conclut Manu, on y va.

La fête a lieu dans les salons d'un grand hôtel parisien. Il y a des photographes partout qui mitraillent n'importe qui. Isa a l'impression de débarquer sur une autre planète. Elle n'est plus si sûre d'être jolie, ainsi habillée en Noël. Là-bas elle aperçoit Gérard D., grand, massif, une cour autour de lui, mais pas Careen B. Elle sent qu'on l'attrape par le bras. C'est Manu.

– Viens, je vais te présenter Gérard D., puisqu'il te plaît.

– T'es sûre ?

– Viens, je te dis.

Isa marche comme une somnambule. Gérard D. se détache de son petit groupe, vient vers elle. Elle sent que Manu se retire. Elle est tétanisée.

– C'est toi, Isa ? demande Gérard D.

– Euh...

– Sois pas timide.

– C'est que c'est nouveau pour moi. Je pourrais avoir un autographe ?

– Une photo, si tu veux.

– Non, c'est vrai ?

– Si tu n'as pas peur de me suivre dans ma chambre.

Au moment où il la prend par le bras pour l'entraîner vers l'ascenseur, quelques photographes les saisissent au vol. Gérard D. se tourne vers eux avec un grand sourire. Celui d'Isa est assez crispé. L'ascenseur se referme sur eux. Gérard D. ne dit rien, il continue à sourire d'un air satisfait, il la conduit jusqu'à sa chambre. Isa est brusquement prise de panique. Et s'il avait de mauvaises intentions ? En même temps, ce serait bien, non ? Mais la suite se déroule avec une rapidité étonnante. Il s'engouffre dans la pièce sans même lui proposer d'entrer. Elle le voit qui griffonne quelque chose sur un coin de table. Il revient vers elle en lui tendant la photo dédicacée.

– Tiens. Allez, tu es mignonne, je t'embrasse. Au revoir, Isa.

Il lui claque une bise, lui sourit. Elle n'a pas le temps de réagir que déjà il pousse la porte.

Décontenancée, Isa se dirige à pas lents vers l'ascenseur. A ce moment, elle aperçoit Manu qui débouche par les escaliers.

– Alors, tu es contente ? demande Manu.

– Tu es vraiment une amie.

– Oh, c'est rien. Descends sans moi, j'ai un truc à faire. Salut !

– Euh... salut, dit Isa, poussée dans l'ascenseur.

Lorsque les portes se referment, Manu se précipite vers la chambre de Gérard D. Elle tape trois coups secs, trois coups longs, la porte s'ouvre, l'acteur la happe vers l'intérieur et la serre jusqu'à l'écraser.

– Ça alors, c'était brillant ! Ces crétins de photographes se sont tous précipités sur ta copine. Avec la trombine qu'elle a, Careen ne risque pas de penser que je la trompe !

Vous n'avez pas de nouveau message

Elle prétend qu'elle garde son portable pour pouvoir être jointe par la crèche de son fils ou la baby-sitter. C'est fallacieux. Aline a un travail sédentaire, assise devant un bureau doté d'un téléphone, certes fixe, mais pas plus que sa propriétaire. La vérité c'est qu'au fond d'elle, Aline conserve l'espoir.

Elle a fait l'acquisition de son portable en période faste. Affectivement, cela s'entend. À cette époque, elle avait un mari et un amant (cet objet est, sans conteste, le compagnon numéro un des amours adultères). Elle se souvient encore des arguments qu'elle avait développés auprès de son mari. Elle allait passer le week-end avec sa sœur. Il devait pouvoir la joindre au cas où il y aurait un problème avec le petit. Bien sûr, le mari avait trouvé l'idée formidable. Pourquoi n'y avait-il pas pensé plus tôt ? Pouvoir joindre sa femme à tout moment, quel soulagement !

Aline avait rejoint son amant dans un hôtel charmant du centre de la France. Au bord d'une piscine, l'homme s'était amusé de son absence totale de dons en matière de technologie nouvelle.

– Laisse, je vais te montrer.

Il lui avait installé une sonnerie originale, entré de nombreux noms et numéros dans le répertoire. Ils avaient joué à s'appeler, à tout bout de champ, de différents étages de l'hôtel, comme des enfants. Aline était heureuse, alors. Elle culpabilisait de sa trahison, mais pas trop. Bertrand avait été insupportable pendant sa grossesse, égoïste, absent (peut-être la trompait-il, d'ailleurs). Depuis la naissance de Théodore, elle se sentait revivre peu à peu. Mais Bertrand l'entraînait malgré elle vers une pesanteur de l'existence. Il était devenu comme un boulet qu'elle redoutait de devoir tirer éternellement.

L'amant s'appelait Luc, elle l'avait rencontré lors d'un stage de formation (en gestion du temps) offert par leur entreprise. Comme ils ne travaillaient pas dans le même service, et qu'elle venait de passer beaucoup de temps en congé de maternité, ils n'avaient pas encore eu l'occasion de se revoir. Elle ne l'aimait pas follement, mais elle lui était reconnaissante de la trouver jolie alors que son mari n'avait cessé de lui répéter qu'elle était trop grosse lorsqu'elle était enceinte ; il la poussait depuis à faire un régime dont elle ne voulait pas. Il critiquait sa façon de s'habiller (pas assez sexy), de se maquiller (trop sobre), alors qu'une belle blonde comme elle, avec ces yeux bleu profond auraient dû attirer tous les regards. Sauf qu'Aline n'avait nulle envie d'attirer « tous les regards », un seul suffisait. Et Luc n'avait pas fait le difficile.

Quelques mois après l'achat de ce portable, Aline avait quitté son mari, espérant vivre une histoire un peu moins heurtée avec Luc (les rencontres rapides et risquées ne convenaient pas à son placide tempérament). Hélas, Luc s'était affolé. Il avait profité d'une proposition alléchante dans une entreprise concurrente pour quitter son travail, sa maîtresse et son appartement. Disparu sans laisser d'adresse au moment où Aline, selon ses vœux, se retrouvait seule avec son bébé (et son portable) dans un petit trois pièces de la Rive gauche à Paris. Bertrand n'avait pas tellement crié Aline pour qu'elle revienne si bien que la jeune maman était passée de trop d'hommes (compliqué à gérer) à pas assez.

Depuis, Aline a pris un nouvel amant (plutôt, un homme s'est pris une nouvelle maîtresse qui par malchance se trouve être Aline). L'homme est marié. Banal. Archi-marié. Car, parmi les hommes mariés, on peut tout de même établir des hiérarchies : les hommes un peu mariés (couple libre ou d'accord pour divorcer, épouse pas regardante, maîtresse presque officielle), les hommes mariés (couple pas libre, mais épouse peu soupçonneuse, prête à croire que son mari travaille tous les soirs jusqu'à minuit, week-end compris, double vie presque complète de l'homme), les hommes archi-mariés (épouse tentaculaire, avertie et aigrie, mari terrifié, prêt à rentrer au foyer la queue entre les jambes en cas de semonce). En effet, l'homme marié d'Aline ne prend pas de risque. En deux ans il ne lui a jamais écrit une lettre, ni fait livrer des fleurs, ni offert de cadeaux, ni passé une nuit avec elle, ni a fortiori un week-end. Bref, c'est un amant qui a une fonction essentiellement hygiénique. D'où cette idée déjà évoquée qu'actuellement, Aline n'est pas dans une période faste. Affectivement, cela s'entend.

Elle a donné son numéro à ses copines, lesquelles n'ont pas encore d'enfant et ne comprennent pas grand-chose à ses obligations. Elles l'ont appelée deux ou trois fois pour l'inviter à une soirée, puis ont renoncé à lui en proposer d'autres car jamais le soir ne convenait à Aline. La baby-sitter avait un empêchement, le père était en voyage d'affaires... Au bout du compte, les communications de ce qui avait été le portable de l'amour et de la joie se sont taries. À présent, Aline peut le laisser allumé toute la journée sans risquer d'être dérangée. Si elle l'éteint (au cinéma ou en réunion), elle redoute le moment où, le rallumant, elle doit constater que la boîte vocale est vide, tandis que tout le monde presse son téléphone contre son oreille à l'écoute de ses messages, en soupirant après le nombre d'importuns qu'il va falloir rappeler. La voix atone qui murmure à l'oreille d'Aline répète inlassablement : « Vous n'avez pas de nouveau message. »

C'est samedi soir. Théo dort chez son père. Aline est sortie tard du cinéma où elle est allée seule, à la dernière séance, parce qu'à neuf heures et demie elle s'est dit que si elle n'occupait pas sa soirée d'une façon ou d'une autre, elle ne survivrait pas à cette nuit. Elle a vu un film un peu mélo, de ceux qui auraient eu tendance à la faire rire lorsqu'elle avait dix-huit ou vingt ans, mais qui maintenant (elle en a vingt-six) la saisissent à la gorge. Aline ne se reconnaît plus. Elle est devenue trop sensible. Un rien la blesse. Elle ne sait plus comment se protéger. Une nouvelle fois, elle a fait l'expérience de la messagerie vide. Peut-être à cause du film, ce silence lui fait monter les larmes aux yeux. Elle n'a pas envie de rentrer chez elle, ouvrir la porte sur ce couloir noir, se glisser dans un lit froid. Etait-ce l'unique alternative : vivre dans un appartement habité auprès d'un homme glacial ou se supporter seule dans un appartement figé ? C'est si injuste, pense Aline de devoir payer si cher sa liberté. Les autres soirs, elle n'a pas le loisir de sortir. Elle est coincée chez elle par la présence du petit qui dort dans son lit. C'est presque pire.

Elle marche au hasard des rues. Il y a peu jusqu'à la Seine, il suffit de descendre la rue Dauphine. Les gens sortent des restaurants ou des bars, ils sont ivres ou heureux, bruyants ou amoureux. Elle ne pense pas à chacun d'entre eux. Elle les prend collectivement comme une immense et joyeuse bande dont elle serait exclue.

Il fait noir. Elle marche le long des échoppes barricadées des bouquinistes. Elle s'éloigne du Pont-Neuf où l'on trouve encore des couples enlacés sur les rotondes. Elle descend sur les quais, il n'y a plus personne. Quelques SDF sont emmitouflés dans des sacs de couchage et réfugiés sous les ponts. Aline regarde l'eau anthracite qui vient lécher les bordures de pierre. Elle se demande comment tant de gens ont pu se noyer dans ce secteur. Le fleuve paraît si calme. Les courants doivent courir au-dessous. Comme dans la vie, pense Aline, on ne voit pas venir les dangers. Les trahisons, les déceptions vous prennent aussi par-dessous, par surprise. Elle se sent une attirance pour le néant. Il serait si doux de s'abandonner plutôt que de chercher sans trêve à remonter à contre-courant comme elle le fait. Elle s'approche du bord, au point que ses pieds dépassent dans le vide. C'est donc si terrible de n'être pas aimée, se dit Aline. Elle n'y avait jamais songé auparavant. L'amour allait de soi : celui des parents, des copains, du mari, de l'amant (le premier, avant sa désertion). Aurait-elle déjà épuisé son quota ? La vie promet d'être si triste. Aline n'a plus d'espoir. En tout cas, plus celui qui lui faisait conserver ce portable, vestige d'une autre époque.

Brusquement elle le sort de sa poche, observe une

dernière fois cette messagerie désespérante, et d'un geste rageur le lance au loin. Le plouf qu'il fait en tombant dans l'eau arrache à Aline son premier sourire de la soirée.

Toi et moi contre le monde entier

C'est la bonne heure. Il y a peu de monde dans les allées du Monoprix. Elle pousse son chariot encore presque vide en arborant un air satisfait.

– Tu ne crois pas qu'on devrait essayer une nouvelle marque pour les entrecôtes ? La dernière fois je les ai trouvées incroyablement difficiles à couper, tu as dû t'en rendre compte. Je pourrais peut-être prendre quelques tournedos, le filet, c'est toujours excellent. Ce rôti de porc des montagnes, c'est un délice. Je sais, tu l'as adoré. Bon, allez, j'en reprends. Le poulet, il faut bien le choisir. Tu me diras, c'est comme tout. Tiens, je vais essayer cette nouvelle marque de céréales au chocolat pour Sophie. Et des biscuits bio à l'abricot pour toi et moi, on va se régaler. On devrait se mettre un peu au régime, tu ne crois pas ? On a pris du poids tous les deux. Si, toi aussi. C'est le fromage qu'il faudrait supprimer. D'ailleurs, je ne vais pas en prendre cette fois. Sophie aussi, il faut qu'on la surveille, elle aurait assez tendance à s'envelopper, d'autant que, paresseuse comme elle est, elle ne bouge pratiquement pas. Tu pourrais l'encourager à courir, surtout qu'à la campagne vous avez vraiment de l'espace pour le faire. On ne devrait pas la laisser s'écraser sur le canapé devant la télé. Donc, pas de viennoiseries, cette fois. Du pain complet. Je sais, ça fait austère, mais l'été va arriver. Si nous tenons à notre dignité, il faut s'y préparer dès à présent. Après, il ne faudra pas oublier les produits ménagers. Madame Rodrigues veut de l'eau de Javel et de la cire d'abeille. Il faut refaire les stocks de papier toilette. Ça file à une vitesse... Voilà, c'est à peu près tout. Les cartons de bouteilles, ils les préparent eux-mêmes. Allez, on va payer à la caisse des livraisons.

Elle a de la chance. La personne devant elle est déjà en train de payer. Elle est très contente d'être si bien organisée, de ne pas se trouver aux mêmes endroits que tout le monde, en même temps que tout le monde. Elle place ses produits sur le tapis et remplit le formulaire de livraison en attendant que tout soit encaissé.

– Catherine, dit une voix derrière elle.

Elle se retourne, c'est Béatrice Carré, la mère d'une copine de Sophie. Les petites se sont connues à la maternelle.

– Comment vas-tu ? se demandent-elles mutuellement en se faisant la bise.

– Très bien et toi ?

– Aussi. Toujours aussi sage, ton Ludo ?

– Un amour, dit Catherine Sampieri en déposant

un baiser sur la truffe du caniche qu'elle tient dans les bras.

– Viens donc prendre le thé un de ces jours, propose son amie.

– Avec plaisir.

– Allez, on s'appelle. Ciao.

Elles se refont la bise. Madame Sampieri s'éloigne avec son chien dans les bras.

Une fois dans la rue, elle le pose par terre.

– C'est toujours comme ça, lui dit-elle. Les gens font semblant de nous inviter. Mais comme personne ne prend date, ça reste une formule de politesse. Bon, ce n'est pas grave. On est bien entre nous. Et puis je ne vois pas ce que je pourrais avoir à dire à cette pauvre Béatrice, elle n'a aucune conversation !

Je suis la seule, l'inconsolée

« Je suis l'incarnation de la solitude. Je proclame que personne ne sait aussi bien que moi, S., treize ans, ce qu'est le vide, le rien, l'ennui, l'absence totale de futur. De surcroît, je suis moche, mal habillée, et mes résultats scolaires laissent à désirer. L'avantage de vous entretenir avec moi sur la Toile, c'est que vous n'avez pas à subir ma triste figure. »

Elle rit nerveusement en envoyant le message. Pseudo : Comsi. Dans ces « causeries » (nouveau mot homologué censé remplacer le vieux « chat ») pour ados, tout le monde se prétend beau et branché, c'est l'occasion d'envoyer un pavé dans leur piscine de rêve. Comme elle ne se résout pas complètement à renoncer au fantasme, elle envisage un second message prétendant le contraire.

« Top model, treize ans, cherche copains qui ne l'aimeraient pas QUE pour son physique. »

Et vlan, bien envoyé. Pseudo : Comsa. Deux lignes sont lancées. Comsi-Comsa, les Anglais disent *so-so*. C'est bien elle, Soso, ce diminutif idiot qu'on lui a balancé à la naissance. Mamyvette minaudant : « Alors, Soso, on vient préparer avec mamie le gâteau au chocolat ? »

Son cousin, Jacques, le terrible, la bousculant : « T'étais là, Soso, même pas vu, tonton Gil a dit que je pouvais prendre son stylo, tu sais où il est ? »

Ridicule. Cette vie est depuis trop longtemps ridicule.

« Salut, Comsa. Et moi, j'en ai une de vingt centimètres. On fait affaire ? Macho. »

Elle hausse les épaules. C'est sûr, elle l'a bien cherché.

« Chère Comsi. Tes résultats scolaires ne disent rien de ton intelligence et de ta personnalité. Je rectifie : JE suis l'incarnation de la solitude. Ta vie ne peut pas être plus vaine que la mienne. Tu as quelque chose à voir avec Comsa ? Jaz. »

« Non, rien du tout. Ça doit être une idiote qui ne sait pas choisir son pseudo et qui a décliné le mien. T'es un garçon ou une fille ? Jaz, ça ne me dit rien. Comsi. »

« Un garçon, si on peut dire. Je ne risque pas de te draguer. Je suis homosexuel. Jaz. »

« Je me disais aussi. Quelqu'un a dit qu'aimer les femmes intelligentes était un plaisir de pédérastes. Tu vois, ça se confirme. Que je sois moche t'est indifférent puisque ce n'est pas pour consommer. Comsi. »

« Si tu étais moins centrée sur toi-même, tu te sentirais sûrement moins seule. La laideur, c'est subjectif.

Pense à moi qui trimballe ce secret que personne ne veut entendre. Jaz. »

« Pauvre Comsa, tu n'es qu'une prétentieuse. Pas étonnant qu'on ne t'aime pas. Sado. »

Sophie sourit. Pas très subtil, le message de Comsa. Elle a dû vouloir la torpiller dès le départ, pour ne pas s'embarrasser des mensonges.

« Chère Comsi. J'ai des tas de copines moches. Elles ne se sentent pas seules. Ton problème ne vient pas de ton physique. Ecstasy. »

« Merci, Ecstasy. C'est un peu ce que je pensais. En plus d'être moche, je ne suis pas vraiment sympathique. Bonne nuit à toi. »

Sophie commence à trouver cette soirée lourde. Ses parents sont sortis, ensemble, ou du moins côte à côte. Ils ont interdit la télévision, pas l'ordinateur. Quelque chose leur dit que si leur fille maîtrise la technologie de demain, sa vie professionnelle ne pourra être totalement ratée. Ils n'ont aucune idée de l'abrutissement que l'on peut rechercher sur Internet.

« Si mon père connaissait mes préférences sexuelles, il me renierait. Jaz. »

« Tu n'en sais rien tant que tu ne lui as pas parlé. Cela dit, je comprends que tu n'en aies pas envie. Mes parents sont les dernières personnes auprès de qui je déposerais un secret d'importance. Tu as peut-être des amis à qui en parler... Comsi. »

« Non, pas d'amis. Jaz. »

« Il paraît que les filles aiment bien avoir des

copains homos. Moi, ça ne me dérangerait pas. C'est vrai que j'aimerais savoir ce que c'est qu'un garçon qui m'aime, mais à défaut, un copain homo, c'est mieux que rien. Comsi. »

« Je regrette qu'on ne se connaisse pas. En tout cas, c'est agréable de te parler. Tu reviendras sur le site ? Jaz. »

« Pas sûr. Je suis seule à la maison, ce soir. C'est exceptionnel. Tant mieux si j'ai pu te consoler, car pour moi, je ne peux rien. J'aime un garçon de ma classe qui ne me regarde même pas. Les filles se moquent de moi. Comsi. »

« Parce qu'elles sont gênées. Ce garçon ne te mérite pas. Oublie-le. C'est sans doute un petit con. Jaz. »

« Impossible. Il est très beau, je le crois aussi très intelligent, mais il est réservé. Il semble vivre dans une bulle. Je n'existe pas pour lui. Comsi. »

« Parce que tu n'as pas dû comprendre encore ce qu'il a dans la tête. Moi, quand les filles me tournent autour, ça me rend fou, parce que je sais que je devrais me réjouir, et je ne ressens rien pour elles. Je voudrais me cacher. Personne ne comprend ça. J'aimerais être leur copain, mais je sais qu'elles attendent autre chose de moi. Alors je préfère rester en retrait. Ce serait sûrement bien d'avoir une amie comme toi. Reviens un soir si tu peux. Jaz. »

« J'essaierai. Au revoir, c'est quoi ton vrai nom ? Comsi. »

« Il est trop reconnaissable. Personne d'autre ne le

porte. Je préfère rester sous pseudo. Un jour peut-être, quand on se connaîtra mieux. Salut, Comsi. Moi aussi, je vais me coucher... Jaz. »

« Salut, Jaz. Moi, c'est Sophie. »

« Cool, il y en a des masses des Sophie. Tu ne risques pas d'être reconnue. Je t'embrasse. Jaz. »

Ils quittent en même temps la « causerie ».

Il se demande s'il aurait dû donner son nom. Après tout, il y avait une chance sur un million pour qu'elle l'identifie, même si, dans une interview récente à un magazine connu, son père l'a nommé trois fois. Aubin. Quelle bêtise de s'appeler ainsi.

Elle reste seule, inconsolée et pourtant sans tristesse. Il existe quelque part un garçon dont elle aurait pu faire un ami. Si la vie avait été bien faite, ils se seraient rencontrés pour de vrai. Ils auraient su qu'ils étaient faits pour s'entendre.

[illegible]

secourir elle pourra [illegible] alors elle

a [illegible]

[illegible] compte

[illegible] Elle a

[illegible] nombre

[illegible]

[illegible]

Ne pas déranger

Elle a rencontré son voisin du dessous. Elle a vu qu'il remarquait ses traits tirés, ses cernes, ses boursouflures, elle peinait à monter les escaliers, alors elle a dit avec insouciance :

– On a fait une méga-teuf hier soir. J'suis complètement naze.

Elle a senti que ça l'agaçait et cela lui a plu. Elle a secoué ses cheveux bruns et lisses. Ils lui sont tombés sur la figure et elle s'est traînée jusqu'à son étage. Tandis que son voisin s'arrêtait au deuxième, elle a lancé :

– Comme on est samedi, j'ai des potes qui viennent, j'espère que ça vous dérangera pas. Bonsoir, m'sieur.

Le voisin n'a pas répondu car il s'agissait de provoc pure et simple. Il la trouvait plutôt mignonne, un peu pâle, un peu maigrichonne, pas étonnant avec cette vie de patachonne. Elle devait avoir quoi, dix-huit, dix-neuf ans. Elle n'habitait là que depuis l'année précédente. L'appartement appartenait avant à sa grand-mère, décédée durant l'été 2001 (pas celui de la canicule). Elle avait dit à Madame Rodrigues (ainsi, tous les copropriétaires seraient au courant) que sa mère était morte lorsqu'elle était enfant et que son père était diplomate. Il vivait en Ouganda ou un pays comme ça, et elle avait passé la plus grande partie de sa scolarité dans une institution en Suisse. On comprenait qu'à présent elle se défoule, mais tout de même... Heureusement, au-dessus de chez elle vivait une vieille dame à moitié sourde et une attachée de presse branchée qui dormait rarement, à côté un pianiste de jazz pas regardant sur le bruit, au-dessous un bébé qui braillait tout le temps et ce monsieur-là qui rentrait chez lui, et dont elle sentait bien qu'il lui était hostile.

Dans son appartement, elle n'ouvrait presque jamais les rideaux, ça sentait le tabac froid. Elle s'assourdissait en permanence avec de la musique répétitive. Elle allumait des bougies, rarement l'électricité. Elle s'allongeait sur le lit pour attendre que le temps s'écoule et goûter l'ambiance. Elle la trouvait gothique. Elle était sûre qu'il devait exister d'autres êtres humains pour partager ses goûts, mais depuis qu'elle était à Paris, elle n'avait pas eu le temps de les connaître, ses alter ego. Alors souvent elle faisait du bruit avec ses pieds pour faire croire que c'était la fête au château. Et ça marchait, le type du dessous la regardait avec de plus en plus de désapprobation et la jeune mère soupirait qu'il fallait bien que jeunesse se passe, mais elle, qui savait bien qu'elle ne passerait pas, entendait toujours cette phrase avec nostalgie.

Elle s'appelait Ariane, ce qui, lorsqu'elle était petite et que son père avait été muté à Cayenne, lui avait fait du tort. Elle avait beau raconter aux petits Guyanais l'histoire du Minotaure et de Thésée, elle aurait tout aussi bien pu lire la Bible à son poisson rouge. Heureusement, les Suisses se souciaient assez peu du programme spatial européen et, dans son adolescence, elle avait connu la paix. A présent, il y avait d'autres combats à mener.

Elle fut prise de nausées. Ça arrivait de plus en plus souvent. Au début, le traitement, elle ne le supportait pas trop mal. Elle ne perdait même pas ses cheveux, mais là, elle savait que ça n'allait plus durer. D'ailleurs, il faudrait qu'elle se rase le crâne avant que le sort n'en décide à sa place. Ce serait drôle de voir la tête des voisins : la dame du premier surtout avec son petit air dégoûté, une frigide, sans aucun doute ! Et leur gamine bien rangée avec ses jupes plissées, comme si elle vivait dans les années soixante. (Ariane avait vu des photos de sa mère enfant, elle ressemblait presque à ça, en jolie.) Mais elle ne le ferait pas ce soir, elle n'avait pas de rasoir, et elle se sentait trop épuisée pour redescendre. Elle envoya un texto à son père pour lui dire que tout allait bien. Au début de sa maladie il était venu en France, mais comme elle était déjà majeure, elle avait réussi à le tenir en dehors du coup. Elle dit qu'on lui avait trouvé de l'anémie. Il l'emmena chez Hippopotamus. Puis il repartit.

Ariane ne voulait pas être assistée, et surtout, pas regardée avec cette commisération affligée qui devient trop souvent la dernière image que l'on emporte au loin. Ariane voulait bien choquer, déranger, agacer, gêner, mais pas inspirer la pitié. A l'hôpital, ils demandaient pourquoi elle était toujours seule, cette gamine, elle leur répondait avec insolence de se mêler de leurs affaires. Elle était leur malade la plus antipathique. Elle avait gagné, c'est elle que l'on plaignait le moins. Les garçons la regardaient avec désir. Elle savait qu'elle était encore jolie. Pas dans les jours qui suivaient la chimio, mais elle se rétablissait rapidement. Dès la fin de la semaine, elle aurait retrouvé son visage de princesse italienne. Le problème, c'étaient ces cheveux. Encore une séance peut-être avant qu'ils ne tombent vraiment. Alors elle ne retournerait plus à la fac (où elle suivait une première année de philosophie) pour ne pas affronter leurs questions, elle ne sortirait plus de sa chambre, sauf pour aller à l'Institut.

La musique envahit son corps. Elle se laissa envoûter par les battements des basses. Ils devaient correspondre à quelque chose de biologique chez elle. Peut-être son cœur. On frappa à la porte. Elle ignora la demande. C'était insistant. Elle finit par se lever. C'était le voisin du dessous.

– S'il vous plaît, mademoiselle, vous pourriez baisser le son, j'ai mal à la tête ce soir.

Elle pensa : moi aussi, monsieur, j'ai mal, et elle hocha la tête d'un air excédé. Elle alla tout de même baisser un peu, parce qu'après tout c'était demandé gentiment. Le monsieur la remercia et s'en alla.

Elle avait froid. Elle grelottait. Tout habillée, elle se mit dans son lit. Puis elle pensa à quelque chose qui l'amusa. Elle se leva, prit dans un tiroir ce petit carton chipé dans un hôtel et alla le poser devant sa porte.

Elle remonta un peu le son et retourna se blottir sous sa couette. Ainsi, s'il prenait à l'un de ses voisins l'envie de la visiter, ils liraient cette instruction formelle : « Ne pas déranger ».

[illegible]

[illegible] contraire à la société de Johannes [illegible]

[illegible]

[illegible] des autres [illegible] les autres [illegible]

[illegible]

J'arrête quand je veux

C'est cool d'être invitée à la soirée de Johannes. C'est le meilleur ami de Fred et Fred, c'est le garçon dont on est toutes raides dingues. En fait, je suis une des seules du collège à avoir été conviée. Les autres sont tous au lycée. Joh est en première, Fred en terminale. Je sais pourquoi, c'est parce qu'il y a un mois j'ai acheté à Fred une barrette de shit, cool, c'était même pas pour moi, mais pour mon cousin qui ne tenait pas à se faire remarquer. Maintenant je suis bien considérée par les mecs populaires du bahut. Pas compliqué d'avoir des potes. Faut être comme eux, mentir un peu (c'est pas à tout le monde que je peux avouer que ma mère elle est gardienne d'immeuble, et à personne je raconte que mon père passe ses journées au bistrot), pas critiquer leurs manières. Voilà, c'est tout. Après, t'es la seule fille du collège à être invitée à leurs fêtes. Cool. De toute façon, j'ai pas du tout l'intention de me droguer. L'argent, je le trouve pas comme ça, alors je ne vais pas le gâcher pour quelques grammes de saloperie qui me font même pas d'effet. J'ai tiré trois bouffées du pétard de mon cousin. Ça a fait juste que m'arracher la gorge, me cramer les poumons, plus sûrement qu'une cigarette, et en plus, aucun bien-être supplémentaire. Bref, c'est vraiment brûler son argent. Mais je ne regrette pas d'avoir fait l'intermédiaire pour Arturo. C'est quand il veut, je lui ai dit. En échange, il m'a filé deux paquets de cigarettes light. Mine de rien, j'en ai filé une à Fred et une à Joh, une matinée qu'on zonait devant les grilles et depuis, je suis de la bande. Alors quand j'ai entendu qu'il y avait la teuf chez Joh, j'ai prié pour qu'ils m'oublient pas. C'était moins une. Mercredi, j'avais toujours pas de nouvelles. Jeudi, je suis restée presque tout le temps devant les portes pour être sûre de pas le rater. Ou plutôt pour être sûre qu'ils allaient pas me rater. Bien vu, Joh s'est arrêté, m'a offert une clope, puis il m'a dit :

– Ça te dirait, Mary, de venir à une fête chez moi samedi ?

J'ai pris un air cool, genre « je réfléchis à ce que je fais samedi soir » et j'ai dit :

– Ouais, j'crois que c'est bon.

– Ben super, à samedi.

Et il a rejoint ses potes de première. Trop bien. C'est ma première fête. Mais ça, il ne faudrait surtout pas que ça se sache.

Heureusement, en ce moment, mon père est au Portugal, il rentre la semaine prochaine. Sinon il aurait demandé des tas de précisions et c'est qui ce garçon et à quelle heure tu rentres, et tu y vas avec qui, où habitent ses parents, etc. Ma mère, ça va, il suffit de lui dire qu'aucun parent ne pose ce genre de questions, qu'il serait temps qu'elle s'adapte aux mœurs françaises, pour qu'elle la boucle. Elle demande seulement le nom et l'adresse du type qui invite et elle dit : « Amuse-toi bien. » Pire, elle me propose de regarder dans ses chemisiers s'il y en aurait pas un qui m'irait. La honte totale. Ma mère, elle n'a que des trucs ringards avec des fleurs et à peu près trois fois trop grands pour moi. Ce qui est gênant avec elle, c'est qu'elle n'a absolument pas le sens du ridicule. Ses vêtements, c'est que des trucs de charité que les gens de notre immeuble, ou de celui d'à côté dont elle s'occupe aussi, lui donnent. Ça lui va jamais bien, c'est tout serré. Je lui demande pourquoi elle accepte ces horreurs, elle répond que c'est offert si gentiment. Tu parles, ça leur donne bonne conscience à tous ces bourges. Ma petite sœur, elle hérite des fringues de Sophie Sampieri. Du coup, t'as l'impression qu'elle sort d'un film des années cinquante. Je comprends pas que Sophie, dont les parents sont richissimes, ne réclame pas d'avoir des vêtements corrects, avec des vraies marques. Moi aussi je récupère souvent des trucs, mais des bien, à la mode : les tee-shirts, les pulls ou les pantalons d'une fille plus vieille que moi qui travaille dans le cinéma, mais qui s'achète plein de vêtements branchés dont elle se lasse au bout de trois mois, alors elle me les donne. C'est cool. C'est pour ça que j'ai l'air de venir d'une famille correcte. Pour les pantalons, on ne fait pas vraiment la même taille, alors j'ai un peu l'air de flotter, mais c'est pas plus mal, ça fait fille mince. Comme Ariane, une nana super-bizarre qui habite au troisième. On dirait qu'elle sort de la famille Addams, elle est toute maigre et toute blanche, avec des grands yeux noirs, mais elle m'a tout de même filé un pull en cachemire alors je vais pas lui cracher dessus.

C'est comme ça que ce soir, j'ai un pantalon en toile de jean trop grand et un petit top rose fluo. C'est rigolo, ça fait un look cool. J'ai des grandes poches sur les côtés des jambes, c'est pratique pour mettre les paquets de clopes. Voilà c'est là, au 63. J'ai le code, c'est au troisième. Dommage qu'ils aient pas invité Lula, je me sentirais mieux. C'est qui ces mecs qui montent avec moi ? Ils sont pas du lycée, ils sont super-grands. Je vais prendre l'escalier, c'est aussi bien.

Ça fait un de ces boucans, tous leurs voisins en profitent. J'espère qu'il y aura pas de plainte.

– Salut, Joh.

– Salut, le buffet, c'est par là.

Zut, il m'a plantée. C'est qui la fille qui est collée à Fred ? Jessica. Une bombe, c'est bien ma veine. Là, je dirais que la soirée est mal partie. Bon, je vais me fumer une petite cigarette, ça va m'occuper et au moins je ne me jetterai pas sur le buffet. Ça ferait mal élevé.

Je crois que je suis la plus jeune. J'aime cette musique, si j'osais je danserais ; c'est idiot d'avoir peur de se lancer. Je vais plutôt me fumer une autre cigarette, ça va me faire passer le temps. Il est incroyable cet appart, un peu comme celui des Sampieri. Aux vacances de Noël, ils sont partis. J'ai proposé à maman de l'aider à faire le ménage. Ça faisait trop longtemps que je voulais voir la chambre de cette nouille de Sophie. Trop géniale. Très conte de fées. Blanche et rose, avec des moulures. Et une cheminée. Un grand lit pour elle toute seule. Une coiffeuse avec une glace. Un immense bureau, plein de tiroirs. Des millions de crayons, de petits carnets dans les tiroirs. La chance. Pourquoi est-elle née là, dans ce palace ? Et moi dans une loge ? Hein ? Qui peut me dire ? Ça tient à quoi ? Pourquoi est-ce moi qui dois dormir avec ma sœur dans le canapé-lit du séjour ? Je vais reprendre une cigarette pour me consoler. C'est toujours ça de pris. Et un verre de Coca. Tiens, c'est qui ce garçon ?

– Tu es une amie de Johannes ?

– Plus ou moins, Fred plutôt. Et toi ?

– Je suis le cousin de Joh.

– Ah. Tu t'appelles comment ?

– Brice. J'habite pas ce quartier. Et toi ?

– Moi si. T'habites où ?

– Vers Passy, dans le XVIe. C'est un peu mort

comme coin, mais au moins on respire, y a de la verdure. Tu veux pas danser ?

– Euh, si.

– Ben, viens...

Je me sens ridicule à me tortiller comme ça. Il est pas mal comme garçon. Et puis il est jeune, lui au moins. A peine plus que moi, je dirais.

– Tu as quel âge ?

– Presque quinze, et toi ?

– Quatorze.

– Ben, on doit être les plus jeunes. Comment ça se fait que tu connaisses Fred ?

– Il est en affaires avec mon cousin.

– Ah ! ils font quoi tes parents ?

– Qu'est-ce que ça peut te faire, tu veux te marier avec mes parents ?

Mince, j'aurais peut-être pas dû dire ça comme ça. Il me regarde comme si je tombais de la lune. Je vais reprendre une cigarette. Ça va me faire du bien.

– T'en veux une ?

– Non, ça va, je fume pas. T'es pas un peu malade comme fille ?

Et voilà, il se barre. J'ai pas de chance. De toute façon, on n'avait pas d'avenir. Lui, son père il est au moins P-DG, ou chirurgien. Alors il va pas lui présenter la fille de la gardienne. Ce serait pas cool. Ce qui est bien avec la cigarette, c'est que ça occupe le temps. Les adultes prétendent que les jeunes commencent à fumer pour faire comme les copains et avoir l'air malin. C'est pas vrai. Quand je suis avec des copains, j'ai pas envie de fumer. J'en ai envie quand j'ai rien à faire, comme maintenant. De toute façon, je suis pas accro, j'arrête quand je veux. Je vais manger un petit truc, histoire de pas être venue pour rien. Toutes ces filles, elles ont l'air super à l'aise. Elles sont presque toutes en première, sauf celles qui ont redoublé. Je me demande pourquoi il m'a invitée, Joh. Peut-être que Fred espère me refiler de la came ? Il va être déçu. J'ai pas un centime à moi.

– Alors, t'as fait la connaissance de Brice ?

– Oh, Joh, tu m'as fait peur.

– Tu as l'air complètement perdue dans tes pensées.

– Non, ça va.

– Il te déplaît mon cousin ?

– Non, pourquoi ?

– Je sais pas. Il paraît que tu l'as envoyé promener.

– Et alors, j'étais censée m'occuper de lui ?

– Pour être franc, oui. Tu vois, il a des parents assez stricts qui le laissent pas sortir. C'est sa première fête. Et il a le droit de venir uniquement parce que c'est quelqu'un de la famille qui organise. Tu vois le genre ?

– Oui. Et alors, quel rapport avec moi ?

– Eh bien, quand j'ai lancé les invitations, j'ai pensé à toi. D'après Fred, t'es la seule nana sympa du collège. Pour que Brice ait quelqu'un de son âge avec qui discuter, tu vois le genre ?

– Oui, je vois. Et maintenant, qu'est-ce que je suis censée faire ?

– J'en sais rien. A toi de voir. Salut, Mary.

J'hallucine. Bon, elles sont où mes cigarettes ? Au moins, je sais ce que je fais là. Je suis la baby-sitter du petit cousin. Je crois que je vais me rentrer. Y a des moments, il faut savoir les arrêter. Et moi, je sais m'arrêter. Cette soirée est vraiment nulle. Allez, je me prends une part de flan à la courgette et j'y vais.

– Tu ne veux pas goûter à la quiche lorraine ?

– Tiens, le petit cousin. Alors t'es allé te plaindre que je te maltraitais ?

– Tu dérailles complètement. C'est Joh qui veut absolument me caser avec toi. J'ai juste remarqué que t'avais l'air de me trouver antipathique.

– Non, ça va, pas trop.

– Eh bien, qu'est-ce que ça serait si je te déplaisais !

– Et pourquoi il veut te caser ?

– Parce qu'il trouve que j'ai l'âge.

– Y a pas de filles dans ton collège ?

– Si, mais je suis timide.

– Et là, non, t'es pas timide ?

– Non, je ne te croise pas tous les jours, si tu veux ne jamais me revoir c'est facile, tu comprends. C'est pour ça que la plupart des jeunes ont des aventures quand ils partent en vacances. Séjours linguistiques, colonies, etc. Et toi ?

– Moi je pars pas beaucoup en vacances de groupe. J'en sais rien.

– Moi non plus, je ne pars pas en groupe.

Je commence à le trouver marrant. Il ne ressemble à rien. Il a l'air un peu empoté. Je suis sûre qu'il a jamais embrassé une fille. Je peux peut-être l'aider. Après tout, ça n'engage à rien. On arrête quand on veut. Bon, je vais peut-être prendre un petit rhum pour m'encourager. Une cigarette, et on verra au moment des slows.

Finalement, il embrasse pas mal. Ça doit pas être la première fois. Il doit bien cacher son jeu, avec sa famille. En tout cas, c'est mieux que d'être toute seule.

– Viens avec moi.

Il me tire dans un couloir noir.

– On va où ?

– Je vais te montrer la chambre de Joh.

– Tu vas dormir là ce soir ?

– Oui. Tu restes un peu avec moi ? De toute façon, avec le monde et le bruit qu'il y a, il ne risque pas de venir se coucher avant quelques heures.

Pourquoi pas ? C'est mieux que d'être dans une salle à regarder les autres danser. Et puis, si ça ne me plaît pas j'arrête. Il sera toujours temps de retourner avec les autres.

– C'est la première fois ?

Je dis oui. Il répond que lui aussi.

En fait, je n'en suis pas si sûre. Il a l'air de savoir s'y prendre. Après tout, pourquoi se poser ce genre de questions ? L'important, c'est que ce soit bien. Et c'est bien.

– Tu ne peux pas rester là toute la nuit, dit Brice. Joh va finir par arriver. Si tu veux, je te raccompagne.

– Non, ça va. Je t'écris mon adresse et mon numéro de téléphone sur un papier et je te le mets dans ta poche.

– OK, je t'appelle demain. Je t'aime.

C'est cool de s'entendre dire ça. Je vais reprendre un verre avant de partir. J'en profite pour en griller une. Après ce que je viens de faire, ça s'impose. Je descends dans la rue. Je m'assois sur un banc. Fumer seule sur un banc la nuit, ça aide à réfléchir. Voilà, c'est fait. Mais bon, ça veut pas dire qu'on va se marier. Si ça devient pas bien, j'arrête. Faut pas croire qu'on se laisse embarquer comme ça.

All you need is love

Sa douzième réussite était ratée, mais sur le tas, sept avaient été réussies, ce qui semblait indiquer une tendance favorable. Manu soupira. C'était le problème, à trop interroger les cartes on s'y perdait. Elle avait demandé successivement :

1. Si l'acteur Gérard D. (avec lequel elle a expérimenté deux brefs coïts) la rappellerait, quoiqu'elle eût cru comprendre à la lecture d'un magazine people qui traînait chez le coiffeur qu'il était passé à autre chose.

2. Si elle s'occuperait elle-même de la promotion de l'acteur américain Bruce W. de passage à Paris (comme elle était l'attachée de presse du film, cette idée paraissait pertinente).

3. Si l'opération de sa mère (un deuxième lifting en dix ans) se déroulerait harmonieusement.

4. Si sa copine Cathy l'inviterait à la grande fête très sélecte qui aurait lieu juste après l'ouverture du festival de Cannes.

5. Si elle perdrait ses trois kilos superflus dans le mois.

6. Si elle rencontrerait enfin un homme digne de son amour.

7. Si elle vivrait enfin une belle histoire d'amour.

8. Si Gérard D. était l'homme de sa vie.

9. Si Gérard D. était capable de tout plaquer pour elle.

10. Si elle allait enfin connaître l'amour.

11. Si elle allait enfin connaître le bonheur.

12. S'il était possible qu'elle soit enfin heureuse.

À cette dernière question, les cartes s'étaient rebellées sans lui laisser le moindre espoir, la réussite s'était bloquée après quelques coups seulement. À première vue, on pourrait penser que Manu était dotée d'une composante obsessionnelle. Ce ne serait pas faux. Manu pensait plutôt que c'était la vie qui s'acharnait à lui faire manquer ses rencontres et ses histoires avec une application tournant à l'obsession. Allez savoir qui, de la poule ou de l'œuf...

Toujours est-il qu'à ce stade de la matinée, Manu ne savait plus comment interpréter ses tirages. En effet, il apparaissait qu'elle allait connaître le bonheur mais ne serait jamais heureuse, tandis que Gérard D. plaquerait tout pour elle mais ne la rappellerait pas, qu'elle ne vivrait pas une belle histoire d'amour, ni ne rencontrerait un homme digne de son amour, mais qu'elle s'occuperait de la promotion de Bruce W. bien que Gérard D. fût l'homme de sa vie. Elle ne perdrait pas ses kilos et sa mère aurait un chouette lifting. La bonne nouvelle, c'est qu'elle serait invitée à cette soirée à Cannes, ce qui d'avance la consolait un peu de ce cuisant échec que représentait sa vie amoureuse. Ces réussites n'étant pas très fiables (et comme Manu avait du temps), elle se brancha sur un site de voyance et d'astrologie qui lui confirma qu'en tant que Verseau, elle possédait une sensibilité artistique intense (ce que Gérard D. n'avait pas manqué de percevoir). Le Yi-king lui conseilla d'aller voir un être d'envergure, et de s'en tenir à une attitude yin (de repli, de douceur et d'attente). Un premier tirage des tarots lui promit une réussite triomphante, mais ces prédictions agissaient comme des drogues et elle éprouva le besoin d'effectuer un deuxième tirage dans lequel elle sortit à la suite le pendu, l'arcane sans nom et la tour, si bien qu'elle se sentit atrocement déprimée. Ne lui restait qu'à consulter un véritable voyant.

Danny N'Dieme était originaire du Sénégal et sa meilleure performance avait été d'abandonner le pays avant qu'il ne sombre totalement dans la misère pour s'installer médium à Paris. Les affaires marchaient plutôt bien. Les gens se refilaient son adresse, parce qu'il n'était pas cher et sympathique. Danny savait que ça tenait aussi au fait qu'il ne disait que des choses encourageantes qui donnaient à ses consultants l'énergie d'aller de l'avant. Manu en avait entendu parler par son amie Chris qui elle-même le tenait d'un technicien du son, lequel avait été conseillé par le concierge du bâtiment des archives cinématographiques.

Danny N'Dieme avait surchargé de meubles anciens (en tout cas usés, retapés et vernis), de tentures fripées (de préférence en velours rouge, pourpre ou fuchsia), une petite pièce. Des encens, des bougies brûlaient un peu partout, ce qui donnait une ambiance moitié bordel, moitié église qui satisfaisait tout le monde. Il prit son temps pour lui demander si elle souhaitait la réponse à une question précise, ou si elle voulait connaître des tendances générales. Manu avait deux sujets de prédilection : son célibat, chaque jour plus préoccupant ; sa carrière dans le cinéma qu'elle souhaitait grandiose. Les deux lui parurent d'égale importance. Il lui proposa de commencer par lire dans les lignes de sa main, que cela le renseignerait sur de grandes tendances, qu'ensuite ils pourraient se lancer dans des prédictions plus immédiates. Le mage voyait un tempérament angoissé, un métier de communication qui la conduirait vers la réussite, une envie de se lier à un homme sûr, une belle histoire d'amour proche, deux enfants non loin.

Elle écoutait avec délectation, voulait savoir où et comment elle rencontrerait son prince charmant, et à partir de quel niveau le mage considérait qu'un métier devenait une réussite. Pour Danny, le seul fait de ne pas être au chômage constituait déjà un exploit, vu que, dans son quartier, il était à peu près le seul avec l'épicier et le bistrotier à avoir des revenus réguliers, mais il sentait qu'à cette fille trop maquillée, aux bijoux dorés, aux vêtements brillants, il ne pouvait pas dire ça. Il affirma qu'elle serait un jour directrice de la communication, ce qui représentait pour Manu une grande déception. Elle espérait depuis toujours être remarquée par un producteur, un metteur en scène qui lui proposerait de faire un bout d'essai et en route pour la célébrité. De fait, si elle avait rencontré beaucoup de ces oiseaux-là, aucun n'avait manifesté le désir d'obtenir d'elle plus qu'un rendez-vous avec un journaliste, un déjeuner au restaurant ou une tasse de café. Elle essaya de masquer sa détresse, mais rien ne pouvait échapper à Danny qui comprit que, s'il ne voulait pas perdre sa clientèle, il lui fallait se rattraper sur un plan personnel. Il lui fit poser des bâtonnets sur la table, se concentra, ferma les yeux et dit d'une voix caverneuse qu'il sentait le soleil, la chaleur, l'amour ; qu'il voyait un homme fort, viril, brun ; qu'elle connaîtrait l'exotisme, l'originalité, la surprise. Tout cela était proche... Il le sentait si fort...

Impressionnée, Manu paya et remercia sans en demander davantage (l'expérience des cartes et d'Internet lui avait appris qu'il vaut mieux éviter de demander mieux qu'une bonne prédiction). A peine eut-elle mis le pied en dehors de l'appartement, que Danny ralluma son portable.

– Salut, Kaleb, t'es où ? Tu veux me rendre un service et te faire plaisir ?

Danny N'Dieme eut encore deux clients cette après-midi-là, une femme malade à laquelle il promit la guérison à condition qu'elle retrouve le moral (ce qui était le cas lorsqu'elle sortit de chez lui) et un cadre quinquagénaire qui se demandait s'il devait choisir entre sa femme et sa maîtresse. Danny se dit que les Blancs se posaient vraiment des questions inutiles. Il suffisait d'épouser la deuxième et puis voilà. Dans quelques années, il aurait le double de problèmes et il adjoindrait une troisième épouse à son foyer, ce qui au bout d'un certain temps (lorsque les soucis auraient triplé) le conduirait à se marier une quatrième fois. Et alors ? N'est-ce pas le mouvement de la vie ? Danny avait laissé à Dakar une fille qu'il aimait depuis l'âge de dix-sept ans. Lorsque, au bout d'une dizaine d'années, il eut amassé un bon petit pécule, il lui écrivit pour qu'elle le rejoigne. Elle ne pouvait déjà plus bouger. Elle lui répondit qu'elle était touchée qu'il ne l'ait pas oubliée, mais qu'entretemps son activité professionnelle l'avait mise en contact avec une grave maladie et qu'elle ne pensait pas en réchapper. En clair, elle avait attrapé le sida. Et lui, le voyant, n'avait rien vu venir. Un peu désabusé, il se mit à fréquenter des filles. Son métier exerçait sur elles une sorte de fascination, ce n'était pas bien difficile pour lui de séduire. Mais il avait perdu de sa fraîcheur. Il ne croyait plus à l'amour. Il pensait que chacun poursuit sa propre histoire intérieure et tente tant bien que mal de faire coller ses rencontres avec ses fantasmes. Il était presque sûr que cette jeune femme, habitée par son rêve d'homme du soleil, reconnaîtrait Kaleb comme un des siens.

Dans la soirée, Danny descendit boire un thé avec son pote du bistrot. Lorsqu'il entra, le barman s'écria :

– Ah Danny, tu ne le croiras pas !

– Kaleb a rencontré la femme de sa vie ?

– Il t'a appelé pour te le dire ?

– Non.

– Alors d'où tu le tiens ?

Le barman était réellement estomaqué. Danny répondit, modeste :

– C'est mon métier, je suis voyant, non ?

Le retour du guerrier

Il se tient à moitié affalé devant cette table haute en Formica, plantée au milieu de la travée, dans une station-service de bordure d'autoroute. Enfin la France. Jusque-là, il a dormi. D'une traite. S'est affalé en s'asseyant dans l'autocar. N'a ouvert les yeux que pour cet arrêt. Quoique mal réveillé, il ressent un bien-être au fond de lui. Le plaisir de retrouver sa maison, sa famille. Ses lèvres avancent jusqu'à son gobelet de café, et non l'inverse. Un type au visage jovial et rougeoyant lui fait face, de l'autre côté du plateau rond. Sous ces néons aveuglants, il ne l'avait pas encore remarqué. L'autre a l'air de rigoler :

– Eh bien, ça a dû être la fête là-bas au Portugal !

Il grommelle :

– C'est ça oui, j'ai enterré mon père, j'ai écouté ma mère pleurer pendant un mois, et mes sœurs réclamer qu'on leur envoie du fric.

– Désolé, vieux.

(La conversation originale se déroule en portugais,

mais pour des raisons de commodité, on s'en tiendra à la version française.)

– Tu vas jusqu'à Paris ?

– Mmm, et toi ?

– Pareil. Après je prends le métro jusqu'à Saint-Ouen, et je suis chez moi. Ma femme qui attend, le petit. Le bonheur, quoi !

– T'as de la veine. C'est quoi ton nom ?

– Amadeo. Et toi ?

– Carlos.

Maintenant qu'il a un prénom, le type lui paraît plus sympathique. Ses dents sont brunes, écartées, son visage large, ses yeux petits, mais pour discuter le temps d'un voyage, ça fera l'affaire. Le chauffeur fait signe qu'il est temps, les retardataires se pressent. Carlos prend conscience qu'Amadeo est son voisin de siège depuis le départ. S'il avait su, il n'aurait peut-être pas tant dormi. L'autre demande :

– Et tu fais quoi dans la vie ?

– Chômeur. Ma femme est gardienne d'immeuble.

– Non mais je rêve, on dirait une caricature.

– Une quoi ?

– Après, les gens croient que les Portugais sont concierges de nature. C'est malheureux !

Devant l'air ahuri de Carlos, il se reprend :

– Enfin, tu vois ce que je veux dire ?

– Ça te gêne que ma femme soit concierge, c'est ça ?

Là, Carlos n'a plus l'air arrangeant. Il va lui mettre la main sur la...

– Ce n'est pas ça. Ce que je veux dire, c'est que pour s'intégrer il faut leur ressembler. Tu vois, moi, ma femme, elle travaille pas. Elle reste à la maison, comme une bourgeoise, c'est moi qui bosse, je suis plombier.

– Et alors, c'est bourgeois d'être plombier ?

– Moyen, en tout cas, c'est français. La femme à la maison, ça c'est bourgeois.

– Eh bien, console-toi, la mienne aussi, elle reste à la maison.

– Ça n'a rien à voir puisque c'est son boulot.

– Franchement, tu fais des histoires pour pas grand-chose. Ça te sert à quoi d'être bourgeois ?

– A être respecté.

– Mais on est respectés, nous, mon gars, dans l'immeuble. Il ferait beau voir qu'on nous manque de respect !

– Qu'est-ce que t'en sais qu'y en a pas un qui lui met la main aux fesses à ta femme ?

– Quoi ?

Carlos rugit.

– Excuse, c'est que dans les immeubles parisiens t'as toujours un mec salace pour essayer de te piquer ta bourgeoise, moi ce que j'en dis...

Carlos se cale contre la fenêtre. S'il fait le tour des copropriétaires, il ne voit guère que Sampieri, mais tout de même, non, il n'oserait pas. Il a suffisamment à faire ailleurs. Ou l'écrivain d'à côté. Plus plausible. Ce type qui passe sans cesse à la télé pour parler de sexe. Il doit s'y connaître. Et Concha ? Quel enfer ! Mais pourquoi est-il parti si longtemps ?

– Et pour toi, reprend le type (redevenu rouge, étranger, et plus tellement sympathique à la lumière de cette conversation), il n'y en aurait pas une de fréquentable dans ton immeuble ?

– Laisse tomber, aucune. Une frustrée qui vit avec un mari toujours absent. Une vieille, une post-ado rachitique, une hystérique qui se balade à moitié nue sous prétexte qu'elle travaille dans le cinéma.

– Elle a l'air excitante, celle-là, non ?

– Même pas. Sauf si on aime les faux ongles, les faux seins, les cheveux décolorés.

– Moi, ça ne me gêne pas.

– Et ta femme ? Et ton petit ? Et ton bonheur ?

– Ça n'empêche pas.

– Mmm.

Carlos est perplexe. Les gens se compliquent la vie à plaisir. Il n'a qu'une hâte : retrouver sa famille et la télé. Tout de même, les programmes en France ne sont pas comparables avec ceux du Portugal. Quelle riche idée d'avoir réclamé le câble aux copropriétaires. Une idée de génie, oui. Et c'est lui, Carlos, qui l'a eue. Il est content aussi de revoir Jean-Phi, le patron du bar, et de reprendre leurs discussions. Saines, celles-là. Au sujet des équipes de foot. Et de rejouer avec lui au Loto sportif. En un mois, le classement du championnat a pu changer.

Maintenant qu'il y pense, il croise pas mal de femmes dans ce bistrot. C'est vrai aussi qu'avec ses cheveux qui commencent à grisonner sur les tempes et ses yeux bleus, Carlos attire le regard des filles. Il n'est pas très observateur, mais ça, il l'a remarqué. Est-ce qu'il devrait en profiter ? (En tout cas, pas dans l'immeuble, sinon, bonjour les problèmes.) Et Concha, qu'est-ce qu'elle en penserait ? Elle s'en moquerait, c'est sûr. Elle le regarde à peine. Et si c'était vrai ? Concha se ferait draguer sous son nez ? Misère. Carlos sent son optimisme naturel se rétracter. Une légère angoisse lui pique les sens. Quinze ans de mariage. La garce, elle lui aurait fait ça ! La fureur lui monte au nez. Elle va voir de quel bois il est fait ! Il détourne la tête de son voisin avec ostentation. Il souhaite montrer que ce dialogue est terminé et sans espoir de reprise.

Il voudrait se rendormir, mais son esprit a perdu sa tranquillité. Qu'est-ce qu'il en sait, le plombier, des immeubles parisiens, hein ? Concha a des yeux noirs, une grande bouche aux lèvres charnues, les pommettes hautes et pas un cheveu blanc dans sa tignasse brune. Il a de la chance qu'elle soit plus petite que lui (presque toutes les femmes le dépassent et il a horreur de se sentir diminué), bien ronde, comme une femme qui sait faire honneur à son mari, bien nourrie, épanouie. Si jamais elle a osé...

Quinze ans de mariage, il n'a jamais eu le moindre doute. Mais c'est vrai que, cette fois, les filles étaient chez leur oncle et les petits en colonie. Qu'est-ce qu'elle a fabriqué, toute seule pendant quinze jours ? Encore sept heures de bus. Il bout. Il ne tiendra pas. Plombier de malheur ! Pour se venger, Carlos se tourne vers son voisin et lui demande :

– Et la tienne de femme, comment tu peux être sûr qu'elle est fidèle ?

– C'est mon instinct.

– Et elle ne se doute pas que toi, de ton côté...

– Surtout pas. En arrivant, je peux boire un verre chez toi avant de prendre le métro ? Je pourrais peut-être faire la connaissance de ton attachée de presse de cinéma.

– On n'a pas à boire à la maison. Concha laissera jamais entrer chez nous autre chose que du Coca ou du jus de pomme. C'est pitié, mais c'est comme ça.

– Pas drôle ta vie.

– Ah.

Et si c'était vrai, hein, que sa vie n'est pas drôle, que sa femme le trompe, qu'il pourrait au moins avoir le droit de boire en regardant la télé. Ah, comme il regrette d'avoir eu ce type comme voisin.

– Tiens, file-moi ton numéro de téléphone, je te donne le mien.

Carlos ne trouve aucun bon prétexte pour refuser. Porte d'Orléans, enfin. Si jamais Concha...

Dans la loge, tout a l'air normal, les garçons sont devant la télé avec leur sœur Amélie. Mary est sortie.

– Où est votre mère ?

– Aucune idée.

Carlos sent qu'il pourrait se mettre en colère. Il hurle dans l'escalier :

– Conchaaaaa !! !

Des pas précipités se font entendre au-dessus de sa tête. Elle apparaît, essoufflée, avec un panier de linge dans les bras.

– J'arrive.

– Tu viens d'où ?

– Des Sampieri. J'ai le repassage à faire. Je l'emporte à la maison. Ça me permet de surveiller les garçons. Alors, ce voyage, pas trop long ?

Au passage, elle lui dépose un baiser sur la joue. Il se renfrogne.

– Et toi, c'était comment ?

– Un peu dur, mais on s'y fait.

– Ah.

De la loge, on entend le téléphone sonner.

– Papa, crie Kevin, c'est pour toi, un type qui s'appelle Amadeo.

– Zut, dit Carlos.

– Qui est-ce ?

– Un raseur du bus. Dis-moi, la pin-up du troisième, elle est chez elle ?

– Non. Elle est partie en Algérie. Toute guillerette. Je crois qu'elle s'est trouvé un gars de là-bas. Pourquoi ?

– Pour rien. Je vais répondre.

Il prend le combiné posé sur la table basse devant la télé qui braille.

– T'es pas rentré chez toi ?

– Heu, j'ai un problème. Tu pourrais m'héberger ?

– Ah non, c'est trop petit. Et pour ton affaire, c'est raté, vieux.

– Décidément, c'est pas ma journée...

– Désolé, vieux.

Conchita regarde son mari, brusquement tout joyeux.

– Qu'est-ce qu'il t'arrive ?

– Rien, je suis content d'être rentré, c'est tout.

Table

Stéphanie Janicot
dans Le Livre de Poche

Cet effrayant besoin de famille n° 30888

Quatre enfants Albarán, trois mères différentes, trois villes – Paris, Rome, Madrid. Au décès du père, la succession tourne au drame. Dix ans plus tard, la fille cadette, Santa, seule et serveuse de nuit dans un bar des Halles, alors qu'elle rêvait d'une carrière d'actrice et d'une famille nombreuse, tente de lever le voile sur les secrets de sa famille et l'effroyable malentendu qui a gâché sa vie.

La Constante de Hubble n° 30434

Juliette, l'épouse modèle, Théodora, l'ex-maîtresse, Alma, qui oublie ses propres déceptions dans le combat féministe, Louise, la solitaire… Réunies en Provence dans un été de désarroi, elles vont découvrir combien s'applique aux humains la constante de Hubble, suivant laquelle plus la distance est grande entre les galaxies, plus celles-ci s'éloignent les unes des autres à grande vitesse…

Les Matriochkas n° 30326

Que vient chercher Werner, l'étudiant allemand, dans la mansarde que lui louent la vieille Hannah et Salomé, sa petite-fille ? Lorsque Werner entreprend de fouiller le grenier et exhume lettres et souvenirs, Salomé approuve cette mystérieuse enquête. Serait-ce à lui de les libérer d'un passé qu'elles n'ont pas le courage d'affronter ? Avec lui, nous allons remonter le temps jusqu'à l'année 1942...

Non, ma mère n'est pas un problème n° 30019

La quarantaine venant, Aaron-Pierre se résigne à confier à un psychanalyste les malaises de sa vie. Fils unique d'une mère juive et d'un père catholique plutôt « tradi », il traîne le pénible souvenir d'une circoncision mal faite et surtout de la disparition d'Anna, sa mère, alors qu'il avait treize ans.

Salam n° 30791

Au début du XXe siècle, Marie et John Kay embarquent à bord de l'*Africa*, pour une mission au Sahara occidental. Au large des côtes, John est assassiné, Marie, enlevée, vendue puis cloîtrée dans un harem. Peu à peu, son intérêt s'éveille pour la personnalité du maître des lieux : Salam, un guerrier craint et respecté de tous, dont on parle mais que l'on voit rarement.

Soledad n° 15269

Cependant qu'El Niño déchaîne la tempête sur Buenos Aires, le public se passionne pour le procès de Soledad, la chanteuse de tango accusée du meurtre de son mari. Tandis que les témoins défilent à la barre, seule la présidente du tribunal s'interroge sur le mystère de cette jeune femme. Elle va l'amener à lui dévoiler son passé.

Une Traviata n° 15425

Brillante élève de Verdi, la cantatrice Sistina Piave renonce à son art pour Arthur, un jeune et séduisant lord anglais, abandonnant du même coup John Bennett, qui l'aimait. Bien plus tard, John, directeur musical d'un grand théâtre de Rome, se rend en Angleterre. Là, il retrouve une Sistina secrètement désabusée, délaissée par un époux volage.

Du même auteur :

Aux Éditions Albin Michel

SOLEDAD, 2000.

UNE TRAVIATA, 2001.

NON, MA MÈRE N'EST PAS UN PROBLÈME, 2002.

LA CONSTANTE DE HUBBLE, 2003.

Aux Éditions Zulma

LES MATRIOCHKAS, 1996.

DES PROFONDEURS, 1997.

SALAM, 1999.

ULYSSE, 2000.

Composition réalisée par IGS-CP

Achevé d'imprimer en juin 2008 par
MAURY Imprimeur
45330 Malesherbes
Dépôt légal 1re publication : juillet 2008
Librairie Générale Française – 31, rue de Fleurus – 75278 Paris Cedex 06

31/2101/9